青春的述说·90后校园文学精品选

高长梅 尹利华 主编

一本没有页数的书

杨康明 著

九州出版社
JIUZHOUPRESS | 全国百佳图书出版单位

U0684012

图书在版编目（CIP）数据

一本没有页数的书/杨康明著.—北京：九州出版社，2014.3
（2021.7重印）

（青春的述说：90后校园文学精品选/高长梅，尹利华主编）

ISBN 978-7-5108-2769-3

Ⅰ.①—… Ⅱ.①杨… Ⅲ.①中篇小说–小说集–中国–当代 Ⅳ.①I247.7

中国版本图书馆CIP数据核字（2014）第041896号

一本没有页数的书

作　　者	杨康明　著
出版发行	九州出版社
地　　址	北京市西城区阜外大街甲35号（100037）
发行电话	（010）68992190/3/5/6
网　　址	www.jiuzhoupress.com
电子信箱	jiuzhou@jiuzhoupress.com
印　　刷	北京一鑫印务有限责任公司
开　　本	710毫米×1000毫米　16开
印　　张	8
字　　数	123千字
版　　次	2014年5月第1版
印　　次	2021年7月第7次印刷
书　　号	ISBN 978-7-5108-2769-3
定　　价	32.00元

前言

随着中小学课程改革的进一步深入，我们欣喜地看到，许多学校的校长、教师对校园文学与课程建设、学校文化建设紧密关系的认识，上升到前所未有的高度。

有识之士认为，校园文学对于学生完善自我、陶冶心灵、挖掘情商、启迪智慧，培养想象力和创新精神，具有其他教育形式不可替代的作用。作为学校教育重要形式和载体的校园文学，在学校的课程中得到了充分体现，占有了一席之地。

我们更欣喜地看到，许多学校在校园文学作品进入阅读教材、校园文学创作融入写作教学等方面做了大量行之有效的探索。他们认为，阅读教材中引进校园文学作品，使阅读教学内容更加丰富、新颖，贴近学生的生活、思想和鉴赏兴趣。紧密联系校内外各种实践活动，创造契机，搭建平台，让学生适当进行课外的文学创作，使课内外写作结合，促进了写作教学改革。

正如《第三届全国校园文学研究高峰论坛宣言》所说的那样：校园文学走进课程，是语文学科建设和改革的重要抓手，有助于学生综合素质的培养、语文教学效率的提高、语文教师专业化水平的提升以及整个语文学科的改革发展。

这套 10 本校园文学作品集，作者都是 90 后，他们的生活、他们的思想、他们的情感，与现在的 90 后乃至 00 后读者是相通的。我们相信，这些作品会和这些读者产生共鸣，从而达到我们出版这套书的目的——为读者提供一套他们真正感兴趣的、接地气的作品。

目录

目录

第一辑

寻找一根针

寻找一根针

哈里发王宫早已乱成一团。

阳光焦灼地跌落在石板上，烘烤着干燥的大地。王宫大院里，蛙蝉不鸣，鸟蝶低垂，河流不动，树木静止，小草也奄奄一息。两只乌鸦从海岸边的丛林飞到大院茂盛的棕榈树上，四只玻璃似的眼珠一转，跳上琉璃瓦瓴，落到不知名的天空一角。此时，每个皇室成员均是忧心忡忡，来来回回干干巴巴跺脚，愁苦都爬上了眉头。连仆人也急得四处狂奔，如同一群被捣窝的蜜蜂。仆人们从全国各地聚集而来，经过严格苛刻的重重选拔，由村长、乡长、镇长、市长、省长推荐，才有资格成为哈里发王宫的服务者。服务对象就是仆人们出去市街的谈资。他们的责任和荣耀与皇室息息相关，他们甘愿为主人奉献一切。所以，当哈里发国王痛心悲壮地呼喊"把王宫里最好的匠师给我找来"时，仆人们急得四处狂奔，如同一群被捣窝的蜜蜂。他们必须尽快找来最好的匠师。

事情是这样的：

今日清晨，弗里茨王子跟随剑道师在王宫后院练习剑术。剑道师奇奥特是一位慈祥的老人，他说话的时候，嘴边总挂着微笑。而王子弗里茨作为哈里发皇室的唯一男性后代，备受家族宠爱。练剑过程，从八点到十点，九岁的王子一直不停，刻苦琢磨。剑道师看在眼里，心生怜惜，遂让其自由休息。休息的三十分钟里，奇奥特离开后院，来到书房阅读经文。与此同时，弗里茨也瞒着师傅来到编织房玩耍。然后，事故忽然发生——一根针掉进弗里茨王子的头发里，消失得无影无踪。编织房的女侍吓得手震气慑，赶紧向国王报告。报告作为紧急事件的措施，不无道理：第一，每根针价值连城。哈里发国王当初常年征战在外，攻下三座波斯城才获得三根针。这三根针来之不易，关乎哈里发王宫的编织经济命脉，不能轻易说消失就不见；第二，顾及弗里茨王子的身体安危。这根针消失在王子的头发里，万一刺伤头皮，后果不堪设想。王子作为国家继承人，人命关天，万万不可马虎。

哈里发国王丢下手上的事务，立刻赶到事发现场。他痛心疾首的一声令下，王宫乱成一团。

王宫里最好的木匠、铁匠、锁匠、工程师、御医五人集合在一起，出谋划策。

木匠摸一下弗里茨王子的脸蛋，说："亲爱的王子，你的恐惧以及担忧，我可以完完整整地感受到。如果那根针现在不是落在你的头发里，也就是说，在那根针还没落在你的头发里之前，我确实可以为你制造一个木头盔。你可以戴着它，防止那根针的肆意妄为，你就不会产生恐惧以及担忧。可惜现在事已发生，木头盔制造出来也毫无用武之地。我实在无能为力，深感抱歉。对不起，亲爱的王子。对不起，亲爱的国王。"木匠说完，退回人潮。

铁匠走上前来，对哈里发国王说："亲爱的国王，你的痛惜以及不安，我感同身受。我愿意铸造一把大型磁伞，让下人时刻撑在王子头上。以磁伞的磁力，我相信不假时日，那根针肯定会被吸出来。"国王听完，喜色冒上脸盘。

锁匠也走上前来，对哈里发国王说："亲爱的国王，我觉得铁匠的方法行不通。如果磁伞整日撑在王子头上，万一将头发磁化，一根一根树立在上面，岂不是很难看？届时就算找到那根针，王子的形象也毁了，国家的形象也毁了，那又有什么意义？我愿意发明一条万能钥匙，插入王子的鼻孔，将他的脑壳像锁一样打开。那时候，所有的头发都可以随意拔下来插上去，我就不相信找不到那根针。"国王听完，会意一笑，转身看一眼王子漂亮的褐色头发。

工程师见前面三人都踊跃积极，不甘落后，走上前来，对哈里发国王说："亲爱的国王，我觉得锁匠的方法行不通。如果万能钥匙将王子的头壳打开，万一头发拔下来插不上，怎么办？届时就算找到那根针，王子的形象也同样毁了，国家的形象也同样毁了，那同样没有意义。我愿意修建一座高楼大厦，通往太阳。建成以后，将王子接到最高层，以太阳热辣辣的温度，我相信那根针一定会融化，变成一滴水落出来。"国王听完，点一点头，若有所思。

御医终于开口，对哈里发国王说："亲爱的国王，我觉得工程师的方

法也行不通。您是圣明的人，您也知道，离太阳越近也就离地面越远，离地面越远意味空气越稀薄。王子在太空是没有氧气呼吸的，就算找到那根针，也丢了性命，不划算。"

国王听完，不知如何是好，眉头打结，仓促问道："那你觉得应该怎么办？"

"亲爱的国王，我不知道该怎么办。我是一名医生，只会医治病人。王子无病无痛，我爱莫能助。"御医说完，和所有匠师一样，退回人潮。

哈里发国王怒火攻心，右手大力一拍缝纫机，将众人疏散。他终于哭了，泪眼婆娑。他双手抚摸王子的头发。此时，王子沉醉在父亲强壮的臂弯里，早已入梦。

夜色降临，哈里发王宫沉寂得让人心慌。又有两只乌鸦从天边跃入，在海枣树上叼来叼去。叼到最后，将果子一甩，慌张飞起。没有人注意两只禽鸟的出没，也没有人预测一个兴盛王朝面临的命运。

午夜一过，弗里茨王子停止呼吸。御医终于可以大显身手。他用冰凉的双手将王子的穴位摸了个遍，说出死因：费尽心思寻找的那根针从头顶进入大脑，经过动脉，游离到心脏，深深一刺。

爬水管的男人

男人紧闭双唇，用力一吸气，摇摇欲坠的涕液立即缩回鼻腔。涕液瞬间充满整个鼻腔，散发出糜烂的气息。他想吞个口水，考虑到喉咙里黏稠的体液（他一直分不清是鼻涕还是浓痰），就此停止。

在这个寒冷的冬夜，男人必须去进行一项属于自己的任务，尽管他不知道何时可以完成。

男人左右手不停地交换，一直支撑身体的上升，因为使劲，青筋在手臂上暴起，仿佛文身一样突兀。萧瑟的寒风刮过他的身体，就像刀将面变成刀削面，身子任由寒风宰割。他的头发像铅笔似的一根根竖立，如果风再大点，没准会脱离头皮，随风飘走。那时候，因为连根拔起，头发根部自然带着红色肉团，旋即变得如同倒立的蒲公英。他的眼睛深邃异常，向上盯着楼顶，眼神中透露出渴望，这份渴望快速、酣畅、雄厚、磅礴，是拥有世界上一切神圣权力的渴望，是消灭宇宙间所有罪恶灵魂的渴望。因此，他的双眼明亮如闪电，光芒万丈，刷刷刷，在纵横林立的高楼大厦间扫射。男人身上的衣服不多，甚至可以说是单薄，却也好，要知道，厚重的衣服对爬行不利。艺术的美好从来不需要复杂的衬托，战士的英勇从来不祈求累赘的拖沓，而男人的水管爬行之旅也不必有衣服的掺和。他的目的地是水管顶端，水管顶端是他的目标，那里有他的桃花源，他的理想国，他的乌托邦，他的挪亚方舟。

爬水管并不是一件轻松的事。

很多年以前（因为爬上这条水管已经好几年，久有时日，男人早已记不清是多少年前），做出决定的那一刻，男人就心知肚明这趟行程不会一帆风顺。那时，他变卖所有家具宠物书籍收藏品，得到一笔丰厚的收入。他将收入分为两部分，其中一部分交给一位开农场的生活窘迫的远房亲戚，

而另一部分则用来付清拖欠了房东三个月之久的房租。出于礼貌，房东驾着私家车载着男人来到选定的水管处。房东不无担忧，双手搭上男人的肩膀，轻轻拍了两下。房东明白自己曾经的房客面临怎样的挑战，径自点燃一根雪茄，猛吸起来，随即也给男人递过一根。男人谢过房东的香烟，也谢过房东的送别。他轻盈地转身，脱掉松糕靴子，随手把它们捐给街头卖唱的流浪汉。他从容不迫，不慌不忙，甩几下胳膊，轻手轻脚地爬上了水管。

这么多年过去，男人依旧裸脚，它们光滑如初、轻松如初。关于他的裸脚，其实还有很多故事。

因为男人的双腿曾经走过世俗的道路，踏过红尘的铁轨，脚上沾满石沙，它们或大或小，或锐或钝，当裸脚配合双手向上爬时，石沙经受不住风化与重力吸引，纷纷坠落。飘落的泥沙形态各异五颜六色，有的盖在老树的叶子上，有的贴在面包店的橱窗上，有的浮在中心广场的水池中，而更多的则是弥漫于城市间，如同亘古不变的大雾。泥沙量之多，着实吓住了安于现状未经世事的居民。健康可不能开玩笑，环境可不能开玩笑，生活也不能开玩笑，有什么比生命还重要？逐渐地，居民们开始颇有怨言，然后怨声载道：泥沙造成的环境污染实在太过恶劣了！但是居民们再清楚不过，这个时代孑身一人坚持不懈勇往直前爬水管的人已经极为罕见，我们何必再恶言相对？最终，经过会议表决，浮夸的怨言并没有进入男人的耳朵。相反，许多友善的居民还为男人提供适当的帮助，例如，临睡前的小女孩会挤好牙膏给他刷牙，做晚饭的家庭主妇会盛一碗玉米羹给他填肚子，修空调的师傅也会为水管装风扇给他驱寒……最让男人感动的是，人们在他经过自家阳台水管的前一天就会将水管洗刷得一干二净一尘不染，以备迎接这位伟大的客人。一切的温暖，让男人感受到宾至如归的安慰。

在这个寒冷的冬夜，男人必须去完成一项属于自己的任务，尽管他不知道何时可以完成。

他双手双脚攀着水管，一边爬一边回忆，回忆已经成为他任务的一部分，神圣而隐秘，就像一项由来已久的仪式。

男人孜孜不倦地回忆。

他的回忆充满居民的千依百顺，却也充斥着自己的磨难艰辛。他想起万圣节那天受到袭击的事情：一大群种族不明的苍蝇前仆后继缠绕而来，不停地朝他身上吐口水。那一刻的他狼狈不堪，口水由少积多以排山倒海之势像河流覆盖鹅卵石一样包围他，他挥之不去，他侧脸躲避，他动弹不得，他乖巧如井中之蛙，他战栗如笼中之鸟，他静谧如槽中之马，他觉得自己会在下一秒消失得魂飞魄散。千钧一发，就在男人即将放弃爬水管之旅时，上帝导演至高无上的戏码：一位在阳台放烟花的老者烧好热水，给他洗了一个痛快澡。老者就这样解救他于水深火热之中。

诸如此类受苦受累的事情发生过很多，男人萌发放弃的念头也不少，但他还是坚持了下来，一如既往。

我为什么要爬水管？男人一直在思索。偶尔疲惫到不行，他会回首向下望。楼下一群人抬着头仰望，姿态隽永凝固。

我不能打喷嚏

时间是上午八点零五分。火车开动前，我赶了上来。

几名旅客像滴进海绵的水，一下子就缩入车腔。车廊狭窄，人潮拥挤，声音喧哗。我站在队伍里，不知不觉地移动。立在车门口的女乘务员焦急万分，马不停蹄维持秩序，还时不时对新上车的老人小孩说："欢迎乘坐本次列车。"她身穿职业装，看起来干净利索，头发染得金黄，用普通小橡圈随意扎在后脑勺。几颗汗珠在她粉红的脸蛋上逐渐成形，摇摇欲坠。她忙得不可开交，并没有意识到细密汗水的存在。我随人流一边走，一边用眼睛扫视环境。T8350次列车与其他列车没有任何区别，也与平日的T8350次列车没有任何区别。车门，厕所，洗漱间，配电房，开水房，座位。左边的乘客看着左边的蓝天，右边的乘客望着右边的白云，彼此猜测心仪的座席是否比自己屁股下的座席舒服。

没花多长时间，我找到自己的位置，〇五车七十六号，坐下来。

我的鼻子轻微地一痒。这没什么大惊小怪的，从月台钻进车厢，气流变化，温度变化，湿度变化，尘粒变化，气味变化，以上任何因素都可以直接导致鼻子的敏感。但我不能打喷嚏。

我绝对不能打喷嚏。因为我人生中前五次的喷嚏都是在无人山上打的，而第六次的喷嚏也必须在无人山上打。此次出行目的正是前往无人山，我总不能不忍，在半路就将喷嚏给解决吧？

匆匆忙忙，我站起来，双手紧捏鼻梁，张开嘴，大口呼吸。一呼一吸间，吞吐大动作，像池塘里呱鸣的青蛙。我突如其来的举动想必也引来了关注。邻座的小女孩用关怀的眼神盯住我，问："先生，你是不是不舒服？"

我转过身，正面对着她，双手依旧没有改变姿势，答："噢不，亲爱的，谢谢你的关心，我好得不得了。"

"那就好。"小女孩蔫蔫一说，脸上却写着：鬼才相信。

小女孩的鼻子真可爱，如同田野里生长旺盛的草莓。如此可爱的鼻子，应该不会不能打喷嚏。我在心里默默肯定，对她越发喜欢。

待鼻子不痒，呼吸也顺畅后，我再次坐下来。小女孩欠欠身子，对我的到来表示欢迎。她没有抬头，很认真在阅读赫拉巴尔的《过于喧嚣的孤独》。她的神情自若，恬静安详，温暖的光线散在她身上，像一只贝壳在海边懒洋洋晒太阳。我不忍心打搅，尽管我可以与她讨论一下弗雷德里克写的一部叫《一部法国小说》的法国小说。

这时，刚才见面的女乘务员过来给我的咖啡续杯。我报以微笑，说声："谢谢。"小女孩忽然放下手上的书，催道："也给我添一杯吧。"乘务员同样报以微笑。然后小女孩站起来，将桌子上的玻璃杯递过去，屁股一扭，展现在我眼前。

我吓得目瞪口呆。

小女孩屁股后面拖着一条尾巴！

其实，众多小女孩屁股后面的尾巴多种多样，我见识的也数不胜数。她们长着狐狸尾巴，有鲸鱼尾巴，有野猪尾巴，甚至有响尾蛇尾巴，无论走到哪里，总是傲慢又高调。但她们的尾巴司空见惯，不足为奇。唯独这位小女孩的尾巴让我惊呆了。准确地说，小女孩的尾巴不是传统意义上所说的尾巴，这只是一棵树，一棵小松树。小松树怎么会从小女孩的屁股上长出来？我满怀好奇，不敢开口。

小女孩端着咖啡，小心翼翼坐定。她似乎察觉出我的异常，嘬一口咖啡，说："怎么？没见过松树尾巴？"她的语气没有丝毫严肃，只有何足挂齿的戏谑。

我完全没有开玩笑的心思，说："没见过。"

她哈哈大笑，接着说："岂不是让你开了眼界！"

事实上，她说得没错，我确实开了眼界。开了眼界的人一般唯唯诺诺，不知如何开口。我在慌张中抿一下咖啡，见她似乎接下来不再具有阅读那本《过于喧嚣的孤独》的兴趣，便好奇地问道："怎么长出来的？"

以下就是故事时间。她说，她小时候没什么玩伴，只好与同院的松鼠游乐世界。有一次不小心吞下松果核，因为害怕父母的责备，没胆子和他们诉说。想不到两年过去，松果核在她体内生根发芽，长出一棵小松树来。另外，由于乱砍滥伐触犯了国家法律，松树就一直没有停止过生长。再后来，她也慢慢接受尾巴的存在。有一条松树尾巴没什么不好的，空闲的时候可以松松土、浇浇水、施施肥、抓抓小虫子。

她讲的时候眉飞色舞，红润爬上脸颊。

我唏嘘不已，为小女孩的际遇惋惜。不过看她无忧无虑的表现，事情其实也不像我想象的悲哀。她是一个有缺陷的人，而我又何尝不是？我不能在别人面前打喷嚏，我也是一个有缺陷的人。

我抚摸着小女孩的尾巴。树叶既温和（应该是小姑娘的体温）又柔顺，好像宠物身上贵重的毛发。显然，她被我咯吱到了，脸红起来，不好意思地笑呵呵。松树虽然是植物，但植物从身体里长出来就是身体的一部分。我们每一个人都试着接受身体的每一部分，有的可以接受得很好，有的则无法接受。于小女孩而言，她是我见过的人里面做得最好的！

我用赞赏的眼光再次衡量她，钦佩不已。

她明白我的意思，回望一眼，依然是快乐无忧的笑容。

小女孩和我再度开口交流，是在火车进站一起下车的时候。想不到她

也是无人山站的旅客。从 A 城到无人山，一小时二十五分；从无人山到 A 城，同样一小时二十五分。现在是上午九点半，由无人山开往 A 城的唯一一趟 T8349 次列车在上午十点半开出，也就是说，我仅仅有一个钟头的时间爬上无人山，打一个喷嚏，然后回到火车站，回到 A 城。任务艰巨，时间紧迫。

我和小女孩爽朗道别，有缘自会相见。

日头升得更高，阳光愈加猛烈。我灌下一瓶车站自动售卖机里的可乐，向无人山顶端进发。道路险恶，野草丛生，还好有大树投下的阴影给予我一丝凉意。蟋蟀、螳螂、蝴蝶、瓢虫、天牛、蚯蚓、蜻蜓、蚱蜢纷纷围住我，询问爬行的目的。我实在害怕，闭口不谈。它们说，城市里有个爬水管的男人，一直爬一直爬，几年过去也没停过，问我是不是同样如此。我真的害怕，闭口不谈。

哪有男人以爬水管为目的？哪有事情荒诞到如此地步？不足为信！接着爬。

过程辛苦，结果甜美。与所有书籍上的励志故事一样，我终于来到无人山顶端，我终于可以进行人生中的第六次打喷嚏行为。

我的鼻子再也安分不了了。它蠢蠢欲动，如坐针毡，狂躁不安；它被小溪流过，被小蛇爬过，被小鹿撞过；它什么也顾不上，顾不上什么，什么也不顾上。千钧一发之际，声乐齐鸣，万马奔腾，山雨欲来风满楼。

"哈啾——"一声喷嚏响彻云霄。

不是我，真的不是我。我跟声寻人，竟然发现在火车上碰面的小女孩！为什么她要爬上无人山打喷嚏？难道她也是不能打喷嚏的人？

我不再上前询问，落荒而逃。

一本没有页数的书

　　很久以前，在我十八岁之前，我从来没有意识到将来的某一天会得到这样一本书，就像我不知道这本书明天又会带给我的人生怎样的悲欢与抉择。

　　因为这是一本没有页数的书。

　　不清楚从哪天起，这本书就躺在我那经常用口水浸泡的课桌的抽屉里。我的课桌已经发黑，闪着光亮。这得感谢我自己和我的老师。首先，我经常在课堂上睡觉，一睡觉就流口水，一流口水就给课桌上光泽。再者，倘若老师经常在课堂上唤醒熟睡的我，课桌就磨不出这么伟大的效果了。另外，我真想不明白，会有怎样的人以怎样的方式将这本书塞到我的课桌里？一直以来，我都认为别人早已将通往我课桌的道路给忘记了。其实这条路走起来不简单。周围灌木丛生，不时有野猪出没，它们跑着跑着会被蒿草扎死。我课桌边的草也很少剪，不像其他同学。我将我周围的野草置之不理，任其生长。我想呀，有时候，有些事情你总奈何不了。

　　那天，我将这本书从抽屉里抓出来，就像捏着一只死耗子，同时还伴有一声莫名其妙的鸣响。然后所有同学尾随老师一跑而光。当然也停了几天课，具体多少天，我也不清楚。这下可好，平日里所有的浮躁喧哗和老师漫天飞舞的谎言都消失得无影无踪。

　　我现在拿着笔记录这些东西的时候，同学们一个个离我很远，好像我身上有种神秘的病毒。但是我知道，那是因为我有这本书，而他们没有，以后也不会有。

　　同学们离校后，我一个人久久地盯着这本书。我明白，这是一本不寻常的书。于是，我满怀激动地翻开来。可当翻开牛皮封面时，扉页一片空白，什么也没有。什么也没有也不能说明什么吧？然后，我接着往下翻，一群蓝色的蜻蜓伴着樱桃蛋糕的香味飞出来，让我恶心了一会儿。以其说是恶心，

不如说是惊奇。我再往下翻时，一大群蜘蛛忙得满头大汗，将石砖往高处砌，显然是一片欣欣向荣的景象，周围绿油油的环境就是最好的证明。

同学们离校后的几天里，我一直在看这本书，就连他们回来，我都没有察觉。在独处的那段时间里，我很享受看书的欢畅。我可以天马行空，走自己的江湖。

我想得到关于我小说的答案。

我向老师报告，我想写小说。他说，别浪费纸张，你有多余的纸就给贫穷的孩子送去。我知道我功底不行，性格不好，可我想写小说；我生产的那些字句不能纵贯古今，横亘中外，包含大千世界，穿透人生社会，寄寓于人生百志家里长短，闪现在思维领域万千景观，可我想写小说；我不是导演，文字更不是女演员，只要我往那一站，它们专爱在我面前活蹦乱跳，可我要写小说。

我写的故事始于东汉末年的黄巾起义，经过群雄角逐，演进成魏、蜀、吴三国鼎立，最后三国归于晋，由司马炎统一中国。书中写出了这期间天下分崩、风云蔚起的诸多历史事件。其中有汉末外戚和宦官的宫廷之祸，董卓率兵入京之乱，袁术于淮南称帝，袁绍于华北割据，小霸王孙权的江东崛起，袁绍与曹操的官渡之战，曹操与孙权的赤壁大战，刘备的攻取东川西川，曹丕的建魏代汉，刘备、孙权的先后称帝，吴蜀的彝陵之战，司马氏势力的扩大，邓艾、钟会的灭蜀，西晋的建立，东吴的灭亡等。书中写出了那个年代的频繁战争，王侯将相的军事生活及其对农民产生的伤害。老师说，你放屁，我已经上网查过了，未来的很多年都不会出现这本书。是吗？这样的话，我就不是那个创造历史的人了，那我之前的凿壁借光、囊萤夜读、捧书追月、寒中映雪、发髻悬梁、锥股去瞎算什么？不白费了？这时，我深刻地体

一本没有页数的书

味了这句话：诗人在历史上是神，在你家楼上是疯子。我真是疯子，我是真疯子。

老师说我错了，我就没理由对。我想在这本书里找答案，既然它能出现在我生命中，当然有它的理由。

我在这本书里翻，得到了很多信息，包括以前上课所偷看的小说里面的人物，还有很多我思想上经常出现的那些儿童不宜的画面（当然经过马赛克处理），可是就是没有关于我小说的信息。我不能绝望，因为卡夫卡说过，不要绝望，甚至对你并不感到绝望这一点也不绝望，恰恰在似乎一切都完了的时候，新的力量毕竟来临，给你以帮助，而这正表明你是活着的。可是，我疯了。我哗啦啦地翻起书页，气急败坏，这本书的后半部分居然是空白的，没有页数。

我疯了，看到这本书最后一张纸里的一行字……而没有页数的书却消失了。

多年以后，我从我奔跑的那条道路上下来，寻找回家的方向。回到家，家里好像什么都没有变，只是经过我这一路的奔跑，把家里跑成了希望工程的帮助对象。母亲说没事，只要你觉得开心，你爱怎样天马行空就怎样天马行空。说得我这个一味追求理想的孤寂行人热泪盈眶。我成年了，认为一切都是错的（另外一种说法是：有思想了）。或许无对错，只存在着对立。经过几年的奔跑，路上有风雨有悲欢，有阳光有喜怒，有时让我迷失方向，左右为难。但是我一直没有忘记自己十八岁那年得到的那本没有页数的书里面的最后一行字：

你无需寻找一个答案，一字一句看到这儿，终究会明白我在写什么。

第二辑

不知所谓

光照师

○

镜子的另一面是什么?

K经常会问他身边的人,尽管他身边的人并不多。这些不多的人本来就对K满怀疑虑,他们从来不清楚他的脑袋里装着什么,也不知道他语无伦次想追寻什么答案。当他们被问到这个问题时,早已习惯,摆摆手,抿抿嘴,完全没有对答的欲望。因为他们明白,就算给出回答,也肯定得不出一个所以然来,而K依旧是老样子。K就是这样子的,他一听到别人的回复,立刻一声不吭,低头冥思,缄默得像被一条大鱼排放出来沉寂在海底的粪便。

到底想怎样?

K这个人真是奇怪呀!对呀,镜子的另一面到底是什么?被K提问到的人满脑子问号。他们会沉默,他们会思考,他们会讨论,他们也会给出答案。答案五花八门种类各异,有的说是玻璃、水银、合金,有的说是氧气、纤维、酒精,也有的说是空间、虚无和寂寞,更多的则说不知道。

有一天,K在中心广场上散步。

如果有人问起,他会很认真地描述当天的场景:立秋还没到,空气中飘浮的各种分子表现得异常冷漠,幽怨地碰撞在行人身上,然后死气沉沉地散开。中央大街上新铺的沥青暗淡,路旁的小草枯萎。树木也纹丝不动,失去往日里迎风而舞的姿态,残喘般吞吐着氧气和二氧化碳。大街两边的建筑冷冷冰冰,其上五花八门的广告牌如同贴在老人身上的膏药。楼宇间呼啸的动车速度似乎慢了下来，至少不像常人意识里认为的快。

彼时，K 觉得一切都有变化，但他又觉得，这些变化一点意思也没有。

中心广场位于中央建筑的楼顶。因为中央建筑是市区海拔最高的楼盘，所以，那天在中心广场散步的 K 几乎眺望了无数遍他所在的城市。他站在最高的地方，一遍又一遍俯瞰着移动又静止、喧闹又安静、清晰又模糊的一切。他觉得一点意思也没有。

他走累了，就近选择一条没人霸占的椅子，坐下来。他的双手空放在身体的两侧，穿着皮靴的脚也蹬出去，远远看着像一只青蛙。青蛙仰起头，将脑袋搭在椅背上，面对澄清的天空，瞳孔涣散得没有聚焦点。然后它像晒书本一样摊开身子，迎接些许阳光的洗礼。蔚蓝的天空万里无云，碧绿起来没有半点瑕疵，真像一面镜子呀。是的，K 在这种工作之余不多的闲暇时光里，又想起了镜子。

一想起镜子，他脑子里的问题立刻冒出来：镜子的另一面究竟是什么？

他左顾右盼，眉头紧皱。来来往往的行人并不知晓这个奇怪男人的想法，而他也找不到一个可以提问的行人。

出乎意料，一位坚守岗位的清洁工正拿着扫帚慢慢靠近。一瞬间，K 连站也没有站起来，右手抓住清洁工的左臂，将之拉扯过来。K 唐突问道："镜子的另一面是什么？"

清洁工看也不看 K 一眼，显然没有被这位陌生男子那突如其来的举动吓住。他顺势坐在长椅上，轻松应答："应该是另一面的镜子。"

镜子的另一面是另一面的镜子！

K 感觉自己被无形的硬物狠狠地撞击一下，全身的血液也被抽干，脑袋也有嘟嘟的声音在响，继而膨胀起来。他目瞪口呆，没想到清洁工会这么快给出答案。从来没有任何人会这么迅速回答。

清洁工没有察觉到 K 的过度反应，就像刚才 K 没有注意到清洁工的处事不惊一样。清洁工将扫帚安放在长椅旁边，随后脱下白色的手套，安安静静地陪着 K 思考。清洁工完全没有必要为这么个问题而多费一丝一毫的精力。对他而言，没有意义的问题，根本不值得先思索才回答。

镜子的另一面是另一面的镜子。这是个多么新鲜的答案。

K 有点兴奋。原来如此，是另一面的镜子，原来如此，镜子的另一面

是另一面的镜子。他的脸在温度不高的空气里红润起来。他呆若木鸡地与一位素未谋面的清洁工一起坐在中心广场的长椅上，一声不吭，低头冥思，缄默得像被一条大鱼排放出来沉寂在海底的粪便。

但是，作为光照师，K并不认为这个答案是正确的。

一

这是一座未来之城。

在过去，严格意义上来讲，是在历史上，数不胜数的人均已讨论过未来世界。

K从大学开始就对历史与未来产生强烈的兴趣，他想了解波澜壮阔的时间长河的前前后后，也想知道人类面对浩瀚磅礴的时间的千万感触。那时候，他激情澎湃地奔跑在图书馆与餐厅之间的道路上，连睡觉也顾不上。和所有的传奇故事一样，甚至有一些课也被他毫不留情地逃掉。

脱离传统教育体系的K是一位天才。他疯狂而执着。他按图书馆放置书籍的排列顺序，将与"时间、生命、历史、未来"有关的资料全部阅览一遍，从哲学政治经济到语言文学艺术，从天文地理生物到化工建筑电子。他一丝不苟，摘抄了不少笔记。从信息量来说，他收集的资料装满整整八百兆的计算机硬盘，神乎其技。

功夫不负有心人，不假时日，K从中掌握了先人的主体思想：

对于未来世界的讨论，大致可以分为两种：一，国家执政党对未来的判断；二，严肃作家对未来的科幻创作。前者使用的"未来"概念大气、成熟，完全是一副乌托邦的美景。不过细究下来，说到底是国家执政党对统治阶层的"宏观调控"而已；至于作家们对未来的再创造，则是"合理范围内"的幻想，既有早已实现的伟大创举，也有描述过却没有成为现实的气魄规划。"伟大创举"有很多，如法国科幻大师儒勒·凡尔纳在其一八九二年出版的《克洛迪斯·邦巴纳克》中描写的一条宏伟的欧亚大陆桥。桥上有一条铁路从塔什干铺向中国和田，轰轰烈烈地穿过平均海拔三千米的帕米尔高原，然后再经新州、兰州、西安、郑州，最后到达北京。这确实是已经出现于K生活中的一条铁路，不得不令人赞叹。而"气魄规划"也有很多，如美国科幻作家伯勒斯在其出版的《火星公主》中描绘的火星生活。到目前为止，人类依旧没有在火星上存活的可能。确确实实因为火星上不具备生物存活的条件。

时间是什么？时间就是一条没有终点的直线。历史的车轮在上面一直往前滚动，来到 K 所生存的今天。花今天的时间研究昨天的故事，明天的未知自然不慌不忙。K 就是这么想的。

不出 K 的意料，他所收集的资料也预示着目前的状况。

未来世界已经是人类文明高度发达的社会。从古到今的发展过程中，小行星造访过地球，给手无寸铁的无辜群众带来无法愈合的伤痛；人类开始大批量食用转基因食品，因为非转基因食品不再适合他们越发挑剔的味蕾；人类也开始大规模移植器官，毕竟谁也不想看到敌人或朋友比自己晚死；机器人开始出现，代替可怜的基层工人干活，迫使许多头脑简单的人坐吃山空；国家利益冲突依然存在，在不长的时间间隔内爆发战争；科技与工业几度崩溃而陷入困境，濒临灭绝却死而复生；有人苟延残喘有人荣华富贵，各人名字分别以不同的夸张形式载入史册；最恐怖的莫过于气候变化，人口膨胀，陆地缩小，居民生活质量急剧下降，然后以生存空间为基础的楼盘拔地而起，重型机械几乎伸到地球中心来打地基，而水平面以上的建筑鳞次栉比，高度远远超过珠穆朗玛峰。

未来之城人满为患，人们如同热锅蚂蚁般找寻屋子，有需要就有追求，有追求就有市场。开发商们聪明的头脑开始疯狂地运转起来，心里的算盘也拨得噼里啪啦响。针对居民的住房需求，建筑师大刀阔斧进行着革命性的建筑改造。改造时期的场景，K 做了记录。他在那积满灰尘的日记本里描述如下：

"××年××月××日，星期天，微凉。今天天气更加昏暗，气压更低，我觉得胸闷。回了趟故居，探望了母亲，那里条件越来越差，我真心替母亲感到难过，也为自己感到难过。要是我足够有能耐，母亲就不必在如此肮脏窘迫的环境里生活。陪母亲吃了一顿午饭，久违的佳肴，如果天天有母亲给我做饭该有多好，我就不用餐餐吃腊肉蒸饭。我做的饭确实不好吃，母亲一边吃一边取笑我。道别母亲后，我接到工作电话。和往日没有任何区别。工作繁忙，收入微薄。我累极了，骨头酸疼。下班路上，我听路人说，

一〇一栋楼盘正开始要改建。反正闲着也是闲着，我立马尾随人流而去。和我一样无聊的人有很多，纷纷围住一〇一栋楼盘观看。一〇一栋楼盘的管理人员还算和气，配合着城管部门，协助指挥五百零一至六百层的住户往上搬迁。很显然，五百零一层以下的房子早已改建。一〇一栋楼盘新近封顶，最高为一千五百层，楼顶建成一个开放式的花园，虽然没有中心广场开阔，倒也精致。拆迁户都是兴高采烈的，其中年轻人尤为兴奋，和新邻居们欢声笑语打闹嬉笑。不用多久，五百零一至六百层的住户全部搬离。然后楼盘管理处邀来的建筑公司开始动工。无数条直径一米左右的软体钢管从楼顶伸展下来，像科幻电影里外星人的触须一样，周围的观众包括我小心地让开了路。从最底层开始，钢管对准五百零一层房子的所有窗户喷射水泥。不出一会儿，五百零一层所有住户的房子全部被水泥填充。一整层楼房就此改造完毕。然后软体钢管伸向五百零二层楼房，操作类似，以此类推，最终标号为六百的楼层也很快被水泥灌满。我留意过手表，整个过程只花费一个半小时。一个半小时后，大家逐渐散开。楼盘就是这样越建越高的：扎稳根基重心，往上继续修建，而人类则越住越高。观摩改造的人群走后没多久，我也离开了。司空见惯的事情不会有人记着，每天都有新楼盘新高度的出现，谁会念念不忘呢？谁都不会！只有我这种蠢货才会书写日记，蠢货才会在日记里记录下如此无聊的一天。"

日记写于 K 工作期间，那时候，他已是一名光照师。K 的工作完全得益于高楼林立的都市，由日记可知，尽管他并不喜欢高楼林立的都市。

二

大学毕业以后，K 没有很认真地去寻找工作。事实上，K 根本就没有尝试去工作。面对眼花缭乱的招聘启事，他头昏脑涨。他觉得一张张的招聘启事如同一头头张牙舞爪的狮子，一旦与公司单位签订合同，下半辈子肯定被咬掉一大口。他不是不想面对社会，也不是不想奉献工作，他只是厌倦朝九晚五的机械生活。在他看来，那样的生活一点意思也没有。K 就是这样秉承着"人为自由而活"的信念，对工作从来无动于衷。与此相反，K 的母亲忧心忡忡，他却托词一句"找工作难"，就不了了之。

毕业之际，往日称兄道弟的好友们一哄而散。K抛开一切有关"时间、生命、历史、未来"的研究，坐在宿舍走廊里一夜未眠。天亮之后，他开始实施人生中第一个自主筹备的伟大计划——环球旅行。

大学期间囤积下来的东西，乱七八糟，能卖的都卖，能送的都送。K留有几套自己喜爱的衣服，对边折叠好，平平整整铺在行李箱底下。和衣服塞在一起的还有笔记本电脑、钱包、护照、银行卡、医药箱、户外帐篷、几本没看完的书、一个已用三年的铝制水壶。他戴上墨镜，到宿管处办理完相关手续，头也不回，孤独地晃出生活了四年的大学校园。

K的灵魂是一位坚毅虔诚的骑士，架在他的肉体上，飞扬跋扈地游走在世界各地。他在水城威尼斯，用双脚踩踏了颇具童话色彩的桥梁；在书城莱比锡，用眼睛观看了浩瀚如海的典籍；在音乐之都维也纳，用耳朵聆听了美妙绝伦的声音；在风景名胜北海道，用双手触摸了种类不明的植物；在岛州夏威夷，用鼻子呼吸了热辣翻滚的海滩鱼腥；在帝国遗迹伊斯坦布尔，用真心感受了历史悠久的人文情怀。他见识了湛蓝的天空、碧绿的湖泊、冒烟的火山、幽静的深渊、硕大的仙人掌、粉红的火烈鸟、鲜艳的臭蘑菇。环游世界的冲击就像一个童心未泯的孩子看到真正活着的变形金刚。

环绕地球一圈过后，回来见到母亲的K早已不是当初出门的那个K了，至少在母亲眼里是这样认为的。母亲含着眼泪，双手抚摸着儿子的脸，一句话也说不出来。儿子变高了又好像变矮了，儿子变瘦了又好像变胖了，儿子变黑了又好像变白了，儿子好像不是她生的一样。

K说，妈，是我，我是你的儿子，我是K。

母亲泪眼婆娑。

回家以后，K"无所事事"地与母亲生活了两个月。他已是一个环游过世界的人，却没有因为开阔了眼界而对当下厌世恶俗。他陪母亲认认真真度过了两个月，读书，写字，散步，游泳，看电影，玩电脑游戏。

两个月后，饭桌上的母子开始进行有关工作的交谈。

K突然开口对母亲说："妈妈，我准备去工作了。"

母亲看了K一眼，觉得突然，问道："是吗？"

“是。”K 斩钉截铁。

“你行吗？”

“当然行，你儿子怀有的信心比你对他的信心还要足。”

母亲喝一口汤，又看儿子一眼，说：“我不是没信心，我是担心。”

“担心什么？”K 不明白母亲的担忧从何而来。

“怕你吃苦。”母亲给 K 盛上一只香炸鸡翅，说，“吃苦不好。”

“不会的。”

“那就好。”母亲点点头。

有关工作的交谈就这样匆匆结束。母亲用右手拨一下头上的刘海，而 K 撒娇般伸一个懒腰。

第二天，K 就出去开始寻找工作，突兀得与当初他出去环游世界一样。母亲看着儿子出门的背影，想着昨晚饭桌上的谈话，倒也不担心。她连儿子要找的工作是什么也没问。

自由是旁人羡慕不来的，她没有必要去干预儿子追求自己曾经不想别人干预的追求。

其实，环游世界过后在家的两个月里，K 表面看起来随遇而安不思进取，实际上，他已经开始物色着各种各样的工作。每天早上天还没亮，K 就起床穿衣吃早餐，随后来到中心广场。他像生长在广场上的一棵树，陪伴着广场上的布告栏，没有遗漏任何一张招聘广告地看，风雨不改。

K 一如既往来到中心广场，一如既往毫无所获。他是一个宠辱不惊的人，自然不会垂头丧气。他一会儿散散步，一会儿坐在长椅上休息，前前后后看着车水马龙的世界，并不在意它那过于喧嚣的孤独。

临近中午，K 离开中心广场。他来到一〇一栋楼盘。多年以后，他会目睹一〇一栋楼盘五百零一至六百层的搬迁，但那已是他成为光照师以后的事。他现在还不是光照师，也还不知晓一〇一栋楼盘是否会在将来某个他存在的日子里进行搬迁。所以说，K 来到一〇一楼盘完全出于自己的随心所欲。

一〇一栋楼盘高有一千层，底座是正方形的房基，长宽一望无际。楼盘装修光鲜靓丽，外墙玻璃亮晶晶，看起来仿佛长条巨型水晶柱。

现代的楼盘与历史上的大厦类似，只是建筑规模变得更加宏伟而已。宏伟是每一栋现代楼盘都应具备的特性。当然，所有的楼盘都宏伟，也就不显得宏伟了。楼盘的出入口设计在楼层顶端，因为作为全民的交通工具——公共悬浮动车飞驰在空中。楼盘大门设在顶层，对居民进出行动都是相当方便的。毕竟大家的活动场所大多已经搬到每一栋楼盘的顶端（中心广场的建成就是一个伟大的创举）。

这是K第一次靠近一〇一栋楼盘。在一〇一栋楼盘大门口，他看到不计其数的电梯。电梯们上下飞蹿，速度快得让人应接不暇。他挨着电梯一部部挑，选了一部没有搭载任何人的空闲电梯，轻轻踱步进去。

这趟旅程本来就是漫无目的。K站在电梯里，一时竟不知如何是好。他在智能设备里输入"饭店"，电梯很快将他带到饭店的楼层，也好，饭店能解决午饭问题。

饱食过后，K又回到电梯里，这下可真不清楚自己要去哪里了。

K无缘无故来到四百零一层。为什么来到这栋楼盘还未搬迁、尚有住户的最底层？他问自己，答不上来。

四百零一层已经相当破旧，输电能力也非常恶劣，走廊灯光时不时会跳一下闪。空空荡荡的楼层道路安静至极，寒冷刺骨。墙壁上随处可见不留情面的岁月痕迹。有五彩缤纷的斑驳，有莫名其妙的涂鸦，也有通知拆迁的公示。果然如此，很快要搬迁了呢，K在心里嘟囔。楼道里气压低，空气像被灌满辣椒粉，呛得喉咙发痒，时不时还会飘来一阵腐朽的霉味。他一边走一边看，没有留意脚下的积水，一不小心，踩了进去。他感觉自己像走在冬瓜表皮上一样。

K一路走着，一共遇到六个人，有四个低头赶路，另外两个低头玩手机，都不会对任何人有什么注意。

K将双手插进上衣口袋里，继续往前走。

在走廊拐角处，K遇到一位怪异的大叔。这位大叔的怪异不仅表现在衣着装扮上，还表现在行为神态上。大叔头戴一顶棒球帽，压得极低，看不清脸。他的头发长得披肩，颇有中世纪英伦风范。身上套着牛仔开扣衬衫，因为是短袖，露出了手臂上的文身。裤子是多功能工装，口袋很多。脚底穿着长筒大头军靴，油光可鉴。最让人生疑的是大叔背部扛着的硕大双肩包，鼓胀起来，完全可以放进一个人。这么大一个背包，到底放着什么？既然

背包如此巨大，又何必顶在肩上？

大叔似乎发现了陌生人的异样眼光，不由加快脚步。K 自然不甘落后，尾随而上。大叔的棒球帽压得更低了。大叔轻车熟路地来到一户人家门口，叩响了门板。房子里走出一位青年男子，男子似乎与大叔早已熟悉，两人站在门口交流起来。由于是偷窥跟踪，K 不好意思上前了解，只好躲在角落盯着两张嘴一张一合，完全不知道谈话内容是什么。

两人的交流持续了十几分钟，交流结束后，他们的关系似乎更进一步。男子礼貌地请大叔进屋，后者卸下沉重的背包，并排与前者走进去。透过没有关上的房门，K 注意到屋里发生的细节。大叔打开背包，相继取出铅笔、钢绳、螺丝刀、三角尺、切割机、冲击钻，然后小心翼翼取出镜子——竟然是镜子！一大个背包里装的竟然是镜子！

细小的工具们被大叔精心收在工装裤子里，几块镜子则放入小一点的背包里，背包被大叔提着。最后，大叔走了出来。

大叔径直迈着步子，来到走廊窗口边。他动作敏捷流畅，挽起衬衫下摆，提高裤腰，勒紧裤带。大叔爬上窗口，钻了出去。

K 惊呆了。不会吧！自杀？这是自杀吗？

见怪不怪，跳楼自杀的人不在少数，每天都有。新闻频道里类似的消息整天播也播不完。人们来到最底层的楼房，挑一个窗口就往下跳，一命呜呼。因为底下的楼房已全部被水泥灌充，自然不会有人发现死者生前最后的生命滑线，更不会有什么解救措施以及后事处理。跳楼自杀，成为了结生命的流行手段，其火爆的程度可想而知。

从目前楼层往下数，一共四百层，大叔一旦往下跳，不死是不可能的。K 越想越觉得恐怖，快步跑到窗边。

K 喊道："大叔！你不要跳！"

大叔回过头，微微一笑，说："不急，年轻人。"

"你先下来吧。"

"我不跳。"

K 不明白，问："那你要干吗？"

"待会儿你就知道了。"大叔说完，跃出窗口。

K 的心脏跳到嗓子眼，他探出头，急忙寻找大叔的踪影。

大叔没有往下跳，倒是向上爬去。K看得出奇。

大叔身手敏捷，攀着墙壁穿梭在一〇一栋楼宇上。每到一定距离，他会暂停下来，安装一面镜子。又是镜子，冒着危险，居然是为了安装一面镜子。K百思不得其解，仰着酸溜溜的脖子，继续观望。大叔越爬越高，很快就变成了一个点，再也见不到。

这时，方才与大叔谈话的男子走到窗口边，对满脸疑惑的K说："别担心，会下来的。"

K看男子一眼，心里嘟囔起来。谁担心呀，担心谁呀，我连他在干什么都不知道。我去担心一个问号干什么？以其说是担心，不如说是好奇。从见到大叔第一眼开始，K就不理解大叔的一切。大叔于他而言，就是一个谜。

人类生性对谜有着无可救药的好奇，就是这种好奇迫使K尾随着大叔，消耗了整整一个下午。

半个小时后，消失的大叔再次出现，其大小由绿豆变成花生，由花生变成橘子，再由橘子变成真人，形状逐渐丰满。和向上爬时不同，从上面下来的大叔已不在一〇一栋楼盘，而出现在一〇一栋楼盘邻座的一〇二栋楼盘上。在一〇二栋楼盘的外墙，大叔还是按照一定距离安装镜子。没过多久，在几乎与四百零一层高度平行的位置，大叔用冲击钻朝K所在的窗口射出一个吸盘。K眼疾手快，侧身躲过。吸盘"砰"的一声，粘住窗口的边框。K越发觉得神奇，难不成大叔是古代传说中的大侠？说时迟那时快，大叔双手抓着轮滑机，纵身一跃，嗖，像飞鸟一样，滑了过来。

钻进窗口的大叔满头大汗，气还没喘匀，立马从小背包里掏出一个遥控器。他的拇指一摁，"嘀嘟"，一束阳光从镜子里照射进来！

K这回彻底地目瞪口呆，满腔的好奇转换成惊叹。

没错！阳光！是从楼顶照射下来的阳光！真正的阳光！

原来如此。

太神奇了！

自从楼盘越建越高以后，高楼林立，遮天蔽日，从来没有太阳照射过低层住户。失去光线的低层住宅霉迹斑斑，一到梅雨季节，空气真的是糟糕透顶。行动不便的老人更是叫苦连天，有的老人直到去世那一刻也见不到一眼久违的阳光。在未来之城，阳光的价值之高，是以往任何时代无法比拟的。

理论上众生平等，实际上连阳光也不能普及。理论与实际的冲突如同宇宙初期的爆炸，催生出一种具有骑士精神的职业。

大叔的工作就是为低层住户带来阳光。

作为客户，青年男子对此次服务很满意。他快步走到大叔身边，扶着后者，道谢连连，迎接大叔再一次进入屋子。

房门依旧没关。男子将现金交到大叔手上。大叔点点头，没说什么话，挥一挥手，背起大包，走出来。这是一笔交易，是一次生意，更是一番勤劳的奉献。大叔在 K 心目中的形象瞬间伟岸起来。

大叔走出房门，低头碰到刚才阻止他跳楼的年轻人。大叔狡黠一笑，对 K 说："怎么样，我没跳吧？"

"没，没有。"K 结结巴巴，不知道说什么好。

"没见过这个行当吧？"大叔又问。

"没有。"

"你们年轻人喜欢灯红酒绿的上层楼房，很少会到下面，当然很少有机会见到。"

"我家楼房也不高，我也没见过。"

"那说明你孤陋寡闻喽。"大叔说完，哈哈大笑起来。

K 心里多少有点不服气，接着问："师傅，请问你这是什么职业？"这句话里面信息量很大，话语对象的称谓已由大叔变成了师傅。由此可见，K 对大叔是何其敬仰。

师傅转过头，看着 K 的眼睛，K 也看着对方的眼睛，他们的眼神恰好交汇。停顿一会儿，师傅说："你可以随便猜，我不会介意的。"

"我怎么猜？你的装备我都没见过。"

"干我们这行，从来不起眼。生活起居，简单轻松。随便一个电话，就是开工命令。随便一栋楼盘，就是工作地点。我们游走在广袤无垠的大都市，充当无数个故事的卑微线索，见着不同的人，听着不同的事，目睹喜怒哀乐，见证悲欢离合。我们从楼顶接引阳光来到地下，盼望社会基层有其超乎芸芸众生的安乐小日子，不为大时代操劳，不为大历史操心，只要他们有其所，安其乐。他们的微小幸福，是我们工作的意义，也是我们工作的全部。"师傅一下子成了诗人。

一本没有页数的书

"我还是不明白。"

"我们是光照师。"

K 的眼睛放出光芒，口中喃喃自语。

当他回过神来，师傅已经走了很远。K 急忙快步上前，恳求道："师傅，收我为徒吧！"

师傅饶有兴致，说："这你得好好考虑。"

"我考虑好了。"

"那我得好好考虑。"

"不瞒你说，此趟出行，我的目的就是寻找工作。"

"你之前的工作是什么？"

"没有工作。"K 停顿一会儿，接着说，"大学毕业，我进行了一次环球旅行，回家两个月有余，至今没找工作。"

"环球旅行都去了哪里？"

"哪里都去。"

"知道世界上最高的楼盘吗？"

"我去过，在委内瑞拉。"

"对，在委内瑞拉。还是冬天的时候，我有一位同行兄弟，在世界最高楼旁边的建筑进行照光作业，由于机械原因，不幸从两千多层的高楼摔下来，至今音讯全无，想也必死无疑。"师傅说完，期盼的眼睛落在 K 身上，似乎在诉说什么。

"然后呢？"

"光照师不是一项普通的职业，它更加强调的是从业者的主动性，一旦失去热情，痛苦的只有自己。同时，从业者还必须面对各种各样的声音。"

"我觉得我可以。"

"你家人怎么看？"

"我母亲从不干预我的决定，一直都是。"

"你知道镜子的另一面是什么吗？"

K 想了很久，回答不上，害羞起来："不知道。"

"不急，你可以先跟着我学习一下，然后再决定要不要当光照师。"

"感谢师傅。"K 明白师傅措辞的含义，不由得兴奋起来。师傅的这

句话意味着，从明天开始，K 的生活就是"师傅领进门"的日子。

镜子的另一面是什么？ K 真的不知道。很多年以后，当他成为一名真正的光照师，他也不知道。他的耳边一直回响着师傅的提问，提问伴随他整整一辈子。与此同时，他也记得那天与师傅从陌生到见面，从见面到相识，最后一同坐上电梯离开四百零一层的场景，仿佛一切冥冥中注定一般。电梯空间不大，K 却觉得异常开阔，就像站立在好几倍大的中心广场。

三

睡梦中的 K 被一阵手机铃声吵醒，他在床上探出脑袋，用手摸索，抓起手机看。屏幕显示一串陌生的号码，是通讯录里没有存储的，料想是工作电话。他摸一下头发，揉揉惺忪的睡眼，拨开被子，起床。他先关掉空调，然后将电话丢在书桌上，走向洗手间。

一天的工作就这样开始。不慌不忙。

时间是上午的十一点二十分。

自从工作以后，K 就没有再与母亲住在一起，而是搬离出来。有一段时间，毫无时间规律的工作对母亲的饮食起居产生了极其恶劣的影响，他不想让老人家受苦，深思熟虑才做出搬离的决定。由于要求不高，K 租赁的公寓条件并不好，楼层很低。对于单身的男子，也勉强可以。房子周围的住户很少，显得安静，租价不高，每个月努力工作下来，支付租金不成问题。

有必要说明的是，K 成为光照师将近一年，已经脱离师傅。他对于工作已经炉火纯青，完成每个任务均是轻而易举。

从洗手间出来，K 又回到卧室。他一边换衣服一边拿起手机，按刚才的未接电话回拨。

"喂？"电话那头响起一阵甜美的女声。

"K 工作室，有什么可以帮助你？"

"噢，你好。"

"你好。"

"请问今天提供服务吗？"

"当然，不提供服务我怎么会主动给你回电话。"

"谢天谢地！噢，这样子，我女儿将近一个多月没出门口，整天窝在家里，怎么劝也不愿外出，我都快急死了。"

"这位太太，你应该找你女儿游泳培训班的教练嘛，孩子们对教练依赖得不得了。"

"不，我想该给她接点阳光了，不然每天不见天日，我不放心。"

"你确定你女儿喜欢阳光？"

"不确定。"

"这怎么行！"

"当然可以。既然她不听劝告，我总得想办法让她照照阳光吧。"

"那确实。"

"感谢你！"

"不客气！"

"现在可以过来吗？"

"我现在可以过去吗？"

"可以。"

"请问这位太太，你是否外出？"

"噢，不，我整天待在家陪女儿。"

"那我现在可以过去，只要确保到时候有人给我开门。"

"感谢你！"

"你的住址是？"

"九〇〇栋九百层十八号。"

"请问小姐怎么称呼？"

"我叫米莉。"

挂掉电话，衣服也已经穿好。K备好反射镜，带齐工具，走出工作间。临出门前，他对着镜子给自己的衣着打分，点点头，还行。他要去见一位女士，他要代表一位叫米莉的母亲给其女儿带去温暖的阳光。

路上交通顺畅，K坐在悬浮动车的一节车厢里，时不时低头望着外面昏暗的房子。有阳光的空间向来备受人们追求，人们虽然无法独占物以稀为贵的公共资源，但可以利用国家提供的公车来达到追求阳光的目的。每一位

公民只可以坐一个位置，每一个位置只可以照到一片阳光。对谁而言都一样。就这一点，国家的公平理论却是可圈可点。

刚好碰上下班时间，动车座位几乎满员。K的左边是一位老人，时不时飘出老人旧衣服的气味；右边是一位学生，青春稚嫩。他没有与他们有任何话语交流，只是悄无声息地玩弄手上的钥匙。一路上，钥匙掉了三次，每一次他都没有捡起来的欲望，最后都是实在无聊到无事可做才将钥匙拾起。

路程耗费的时间不短，K终于摁响客户的门铃。九〇〇栋九百层十八号。

房门打开，出来一位柔软高挑的女子。女子身着红色碎花低胸睡裙，因为身材姣好，一抹若隐若现的弧沟出现在睡裙领口。就在开门瞬间，K已目睹女子挺拔的胸脯，心脏咯噔一跳，急忙将眼睛抬高，观察起对方的五官。

首先是大眼睛，明净清澈，眨着眨着，灵韵也洋溢出来。淡淡的柳眉修长干净，如同油画里的神来之笔。鼻子也精致，细腻地微微隆起于白皙的脸庞上，一呼一吸似乎散发清香。两瓣樱桃红唇晶莹剔透，更是娇嫩欲滴。女子纤细的身躯依着门板，美若天仙，流露出不着痕迹的贵族气息。就算站着不动，她的存在也仿佛一道清雅灵秀的光芒。

K早已惊呆住，六神无主。他为自己曾称呼对方为太太而羞愧。

"你好！我是米莉。"这是早上电话里头甜美的声音。

K回过神来。他慌忙说道："你好。"

"是K工作室吗？"

"是。"K不敢再看米莉。

"我以为你不会这么早到呢。"米莉笑起来，嗓音像山泉水的叮咚声。

"还好，交通不是很顺畅。"

"进来吧。"

"好……"K一时语塞，窘迫起来。他的脸热辣辣，像被火烘烤一样。工作一年多，他从没有过这样的经历，也从来没有对女客户产生过悸动。

"房子不错。"K转一圈，急忙找话题。

"一般般吧，还算可以。"

K认真观察起来。房子一共三间卧室，以门口为界，左边两间，右边一间，厨房在大厅底部。厨房是开放式的，隔间玻璃，干净整洁。大厅右角落镶嵌着一个室内壁炉，炉内红星闪闪。屋内装修豪华，家具高级，布置得典雅气派。

天花板上垂着水晶吊灯，华丽丽地灯火通明。恰到好处的角落还栽种着几棵绿色植物，温馨而安逸。不知道为何，K将之与自己的屋子比较起来，不由惭愧。

"喝口水吧。"女主人端上透明玻璃杯。

"谢谢。"K说。

"你名字叫K吗？"

"是。"

"没想到你这么年轻。"

"不年轻了，日常工作东奔西跑风吹雨打，不显老就谢天谢地，怎么还敢逆天去显年轻。"

米莉被K的话逗乐，张开口仰起头，呵呵笑。她的头发像丝绸般铺展在双肩，露出耳垂上的粉红色宝石耳钉。

K抿一口水，对米莉说："你女儿在哪里？"

"这边走。"米莉站起来，引领K往左边第一间房走去。

米莉轻声敲一下门，闪身走进去。K也跟着走进去。

小女孩并没有察觉客人的到访，正专心致志玩着电脑。小女孩不愧是米莉的女儿，完全是米莉的模型复刻版，同样都是一个美人胚子。

米莉开口对女儿说："房间不收拾哦。"

小女孩抬头望一眼两人，对K的到来没有一丝意外。

K为套近乎，对小女孩说："小朋友，你叫什么名字？"

小女孩又抬头看一眼K，说："爸爸讲过，不告诉陌生人名字。"

"那小朋友，今年你几岁？"

"爸爸讲过，不告诉陌生人岁数。"

米莉无奈地微笑，对女儿说："叔叔不是陌生人，你告诉他。"

女儿一脸委屈的表情，说："我叫薇薇，今年六岁。"

"这么乖。"K假装笑起来，又问，"书桌上的布娃娃借我玩下可以吗？"

"不行，这是我的玩具。"

K还是笑。他像舞台上出丑的演员，找不到台阶下，双手拍拍裤子，对米莉说："这孩子还挺懂财产法嘛！"

米莉知道是玩笑话，也不见外，配合说："还好哦。"

"那我准备开始工作吧。"K说。

"噢！好。"

"从大厅接阳光，还是从薇薇房间接阳光？"

"这里接吧。"

K出来客厅，背起装备，着手工作。

薇薇看着K的一身奇装异服，急忙倚靠在米莉的双腿间，问："妈妈，叔叔是不是想抓我？"

"傻孩子，不是的。"

"我的布娃娃给他玩吧，叫他别抓我。"

K听到母女间的对话，低下头对薇薇说："叔叔是超人，现在去抓坏蛋，不然坏蛋会跑来欺负薇薇。"

"谢谢叔叔。"薇薇眨着大眼睛。

米莉和K都笑了，就像一对热恋的情人，孩子的稚嫩令这对情人欢乐起来。

K爬出窗台，很快消失在高楼中。米莉仰头看着他的身影，仿佛看到一份担当与责任。她若有所思，无话可说，安静地伫立于窗口边。

时间很快过去，K再一次出现在薇薇窗口的时候，已经是下午四点多。

K带回一束明媚的阳光。阳光照射在薇薇红扑扑的脸蛋上，使得后者欢声雀跃。她离开电脑桌，在阳光照耀下翩翩起舞。

"感谢你的帮助，我女儿很开心。"米莉说。

"不用谢，也就一单生意。"

米莉这才想起，还没有给K付钱。她立马走进大厅左边第二间房（应该是米莉的卧室，K想），给他拿钱。

"不，不，我不是这个意思。"K说。

"没关系，反正要给。"

这时，K的手机铃声响起。他接过电话，走到屋子外面讲起来。米莉整理一下头发，刚好有时间进房间拿钱支付给他。

三分钟后，K接完电话。而米莉早已准备好应该支付的工资。

K显得不好意思，说："其实，不急的。"

"是吗？那你留下来，一起吃个晚餐吧！"米莉是在邀请。

"好呀。"K想都没有想，毫不犹豫应承下来。

此后很长一段时间，K待在米莉的屋子里，一直回味他那不由自己控制的应承，那应承就像一股无形的力量在背后推搡。他根本无法拒绝这位美丽的姑娘呀：我怎么这么轻易答应她呢？

四

晚餐异常丰富。K不知道，如此高级的待遇是米莉特意为他准备的。要是在平时，米莉与女儿吃饭，只是按照一本了无生趣的美食书上介绍的菜式直接复制而已，没有特殊材料，没有特殊要求，自然说不上佳肴。但今天不同，家里来了客人，何况客人是一位光照师，还给他们母女带来了阳光。

饭桌正方形，薇薇的座位靠近壁炉，米莉与K对面而坐。饭桌不大，满满当当的盘子碟子铺在上面，不多的空间显得晚餐严肃而正式。米莉几乎将冰箱里的所有食材搬上了桌面：橙黄的鹅肝酱，乳白的大虾浓汤，靛蓝的慕丝蛋糕，鲜红的菠萝焗火腿，暗紫的普罗旺斯烩羊肉，五颜六色的恺撒沙拉。

K作为客人，从入门到与漂亮的母女一同共进晚餐，不出半天时间。他一边尝着美食，一边用恭维的姿态与她们开着玩笑。笑话是他用心去讲的，薇薇虽然有时候听不懂，但依旧可以从母亲的笑颜里看出欢乐。所以，薇薇也很开心。

家里多久没出现第三个人了呀！

壁炉里的火苗真的烧得比以前热烈，谁都感受得到。

晚饭过后，薇薇跑进房间玩电脑。K则陪着米莉洗盘子。忙完后，两人瘫坐在沙发里，累得不想再动一下。沙发前的茶几放着一瓶西西里葡萄酒，两人举起高脚杯，咕噜咕噜呷起来。

米莉的酒量很好，显然不是第一天喝成这样。她将头发束起，妥妥当当安置在背后，一截白皙的脖子裸露出来。酒精在她光滑的皮肤上留下粉红的色泽，她眨着迷离的眼睛，瞬间变成一个诱人的尤物。

K看在眼里，不由心神荡漾。

"你为什么叫 K？"米莉问道。语气显示她已处在微醺状态。

"我妈妈这样叫。"K 说。

"你爸爸不这样叫吗？"

"不，我没有爸爸，我爸早年开过一家公司，跟女秘书跑了。"

"咳，又是一个不负责任的男人。"

"咳。"K 喝完一杯酒，摇摇头。

"你结婚了吗？"

"没，不想结。"K 答完问题，才意识到：其实米莉已经是有夫之妇，自己无缘无故跑到女人家吃晚饭是有多冒失呀。他默默在心里懊悔，懊悔一阵，打探道，"你丈夫不在家吗？"

米莉又给自己倒一杯酒，小声抽泣起来，说："他是一名教授，你知道的，现在的教授不加入娱乐圈就好像不是教授一样。他接受一家经纪公司的合同，成为学术界的娱乐明星，没有名气那种，呵，一年也不一定回一次家，一直在外面跑通告。真可怜，我女儿落到沉默寡言的地步，不能说与他没有关系。"

K 惊呆住，想到面前这位瘦弱的女子背负着他未曾预料的心理压力，一时不知道说什么。

米莉接着说："小的时候，父母都很疼我。我是独生女儿，没有玩伴，整天坐在高楼落地窗里，看着忙碌的人儿东奔西跑。我想不明白他们为什么要忙碌，好像生来就是为了忙碌一样。我害怕长大，害怕长大以后和爸爸妈妈没有区别，如果是这样，我该怎么办？父母爱我，他们给我这个愁眉苦脸的女儿买了很多玩具，印象里，每一次他们打开房门总会从背后拿出一个娃娃。玩具堆满房间，我高兴的时候，有种向世界炫耀的冲动，可惜一直找不到途径，也没有同龄人关注我。如果可以，我愿意分享我的玩具，换取一定数量的玩伴。事实是，在家里我永远是一个人。在学校里，不少同学会和我交谈，有的说他们喜欢班里的谁谁谁，有的说他们不喜欢班里的谁谁谁，你说小孩子怎么那么短见，除了喜欢就是不喜欢。面对那些营养过剩胖起来不像样的小男孩，我既没有喜欢也没有不喜欢，我替他们感到伤心，他们的父母就像养宠物一样给他们灌补品。哈哈，你说说你小时候，是不是胖嘟嘟的，戴个烦人的黑框眼镜？"

"我才不胖，小时候也有女孩子说喜欢我，还好我也喜欢她。不然，我真的会恶心死。"

米莉接着说："读中学的时候，年轻的男女们都不说喜欢和不喜欢了。他们一开口就是爱，不爱就随口而出难听的粗话。那真是一个欢乐纯真的时代。那时候，我有一部匹力还算可以的电动车，每天骑在上面，从家里到学校，经过挂满广告牌和宣传语的街道。偶尔幸运，在路上会碰到同班的学生，然后我们一起咒骂那个布置过多作业的数学老师。男孩子变声，女孩子胸部微微隆起。骑车前前后后的岁月里，我们都清楚彼此的不同。那些美丽的女孩们开始注意自己的皮肤和衣着，将眉毛修得精致娇艳，而男孩们私下交流着不让我们女孩听到的话题。数不清多少个黑夜里，我可以感觉到身体里一部分正在改变，那些改变就像种子发芽似的，使我看待男孩子的眼光和以前不一样。"

米莉又喝完一杯酒，没有停下来的意思。K换了个坐姿，继续听她说。

"我真正想依靠一个男人，想与一个男人好好生活，是在读大学的时候。那时，我渴望的男人出现了。他干净温和儒雅知性，穿着立领西装提着绅士公文包，我一下被他迷倒。在确立恋爱关系后，他将我照顾得妥妥帖帖，我也享受他对我的细心和热情。每年的情人节，他如同变戏法一样，带给我意想不到的惊喜。你知道吗？谁会从动物园的大象鼻子里掏出一枚精心准备的钻石戒指？他做到了。我是那么爱他，就像粉丝爱着一位明星。我那么爱他，却不知道他是怎么爱我的、爱我的程度有多深，虽然他没有停止过一刻带给我快乐。我对他诉说着我们的未来，可他这个混蛋却总是在逃避。他总是说不知道，不知道我们的未来会怎样。真是一个王八蛋，我将所有期许像亡命赌徒一样压在他身上，希望会赢，他却让我输个精光。我求他，追他，他一点回头的意思都没有。还没到毕业那年，一切都结束了，和电视剧里演的一样，就像一切没有发生过。时至今日，我嫁作人妻，当起母亲，我还是会想念和那个混蛋在一起的日子呀。"

米莉越说越起劲，直接诱导因素是醉酒，实际却是压抑多时的心头痛苦。K喝的酒也够多，但也明白米莉的认真，不好插嘴，低头作为聆听者，接收一个可怜女子的诉苦。

"我现在的丈夫是明星，也是一个活死人。他从不主动打电话回家，

从不过问女儿期末考试的分数。他就像一团空气。另外，让我欣慰的是，我也不喜欢与他待在一起。跟木头坐在一起，没有一点情趣，连上个街购个物都不行，他居然还说怕别人认出来。"

K越来越觉得米莉是认真的女人，不敢草率答复。他和米莉一样，认真思考起来，许久后对米莉说："人在爱情这问题上，永远那么自私，说我爱你说我不爱你都是从自己内心的追求出发。不管什么目的，无时无刻不是我怎么样你不能怎么样。他们清楚自己不能孤独一生，却也明白相恋一定会带来疼痛。他们企图接触对方，但知道一旦这样，他们会在心里哭泣。有一种理论：爱与性可以相配，不爱与性可以相配，爱与不做爱也可以相配，但是，与个体相系的爱和与个体相系的性则不是什么好事。我觉得挺有道理的。"

"你也是一个混蛋，说得一堆一堆，没有一句话在不醉酒情况下听得懂。"

"我厌倦这个社会。我认识一个大个子男人，他为了骗取社会福利，宁愿让花盘摔在自己的脑袋上；还有一个是有妇之夫，总是喜欢和男人搞暧昧，瞒着妻子干着不干净的勾当；另一个女人则是不停地赚钱，家财万贯，然后连一支好牙刷也舍不得买。我对他们感到失望，却也明白他们不如此就痛苦不堪。忧郁像一团雾，绕在我身上，我烦躁到可以为一个关不紧的水龙头喋喋不休。我觉得自己真的有病，说不准我的五脏六腑已经腐烂掉。我对照时间表去见心理医生，如你所料，他除了劝我看开点外就没有其他什么作为。我也厌倦他。我真的是混蛋。"

"喏，自己明明是好人一个，假装什么坏人。"米莉笑起来。

"不，我都没觉得自己好在哪里。"

"说说你吧，干吗不结婚？"

"说说你吧，你觉得镜子的另一面是什么？"

"我说得够多了，我敢保证从来没有一个穿着性感睡衣的女人端着红酒和你说这么多她的丈夫。还有，结婚和镜子有什么关系？"

"以前我读大学的时候，整天研究时间与生命，研究未来与历史，有时候发现，我不是在研究它们，而是被它们玩弄。我培养超群的记忆能力，可以背诵任何数学公式，可以默写任何年代三流文人创造的矫情诗歌，我还理解孟德斯鸠说的一切哲理，我明白我们所居住楼盘的重心一定要往下移才不至于倒塌，我也明白树叶里的脱落酸随叶黄素和胡萝卜素的增加而出现并在叶柄基部形成薄壁继而形成离层产生落叶，我甚至知道在可预测的不久的未来穿越机器就会出现。相对论你知道吗？我们有可能回到过去与将来。可有什么用，我不明白这些玩意到底有什么意义。我面对许多镜子，我会看到自己的模样，我都不知道镜子的另一面是什么！我当然可以结婚，找一个和我一样博学多闻的姑娘一起过日子，周末坐上动车看看亲戚，到海边泡泡盐水，我们最好可以一起研究一下镜子，但终究还是面对镜子，到头来想不明白更多问题。那我还结什么婚。你说我会很想结婚吗？"

听完 K 的话，米莉沉默不语，闭上眼睛，像是昏睡过去。

一瓶上品红酒就这样被两人喝完，酒精则开始发挥作用。米莉软绵绵地依偎在 K 怀里，而 K 的双手紧紧抱住米莉。

炉壁的柴火烧得通透，零星亮点哔哔啪啪在跳动。

K 将米莉抱回卧室……

五

米莉醒过来的时候，K已经离开。自从丈夫当上娱乐教授，米莉整日百无聊赖，向来没有调闹钟起床的习惯。她是睡到自然醒的，也就是说，K有足够的时间光着脚丫从陌生的床上下来，然后穿好衣服，不慌不忙地离开。米莉想。或许，K会给他自己做一份美味可口的早餐，又或许，K在醒过来的时候还会在米莉的脸颊上亲一口，然后再去做早餐。想到这里，米莉心中泛起一阵懊悔。她懊悔自己会与一位素不相识的光照师上床。她不想这样，也害怕这样。

米莉从床沿边站起来，走到梳妆桌旁，盯着镜子出神。昨夜里发生的一切，米莉是接受的。倘若不接受，她一定感觉不舒服，事实却是，她的身体愉悦得要命。她回想起昨晚与她在床上缠绵的男人，想起他说过的话，是呀，镜子的另一面是什么呢？

梳妆镜是米莉与丈夫结婚时买的，现在过去也有好几个年头。桌子用高档的红木制成，上面涂着一层透明光漆。桌上放着一个彩陶金边的首饰盒，一部斯蒂芬·金的小说《撒冷镇》。一只粗糙的椰壳，里面放着一枚指甲钳和眼药水。一盒家庭装用卫生纸，一个木制荷兰风车模型，其上有塞硬币零钱的小孔，还有一口有裂缝的棕色玻璃瓶。桌面下一共三个抽屉，每个抽屉都满载回忆。化妆品在里面，证件资料在里面，还有相当一部分家庭照片也在里面。顺着左边抽屉往下，是一个较大的柜子，不常打开，里面堆着几本阅读过就再也没有兴趣翻看的杂志。这张梳妆桌再普通不过，米莉却清晰地记得当初与丈夫在家具广场决定买下来时看到的惊人价格。昂贵的商品确实有其独特之处，梳妆桌最为与众不同的地方在于上面的镜子。镜子相当厚，米莉用手指测量过，两根大拇指厚。另外，镜子周边用绿矿水晶镶着，雕刻出精致的线条，肯定耗费工匠不少工夫。

米莉多少次看着镜子都像观摩着另一个空间。

她坐下来，拿起一把梳子梳头发。镜子里的女人年轻貌美，皮肤白里透红，胸脯挺拔傲人。但有什么用？丈夫又不在身边。她不由叹出一口气，双臂垂下来。

在米莉对着镜子思考的同时，K已经远远离开九〇〇栋。他坐在飞奔离去的动车里。

昨天，K接过一个电话，是他哥哥J打过来的。

坐在动车里耷拉着脑袋的K安静至极。他开始回忆，回忆起他与J的点点滴滴。

K有一个哥哥，亲生哥哥，名字叫J。K从来不会在别人面前主动提及有关J的事情，每一次回家，他也不会向母亲打探哥哥的消息。

K对J有一种不予言表的情绪。

J与K出生在一个不算富裕的家庭。他们一直到大学读书都是居住在500层以下的楼房。K八岁那年，父亲在一次雨灾中与年轻的秘书离家出走，从此音讯全无。童年的创伤使得两个年幼的孩子沉默寡言，个人性情不免带着阴霾的气息。母亲悲伤度日，以泪洗面。没有支柱的一家三口，活在大时代的角落，终日不见一丝阳光。贤惠的母亲知性能干，经常会在伤心哭泣过后，带着两个儿子出门，来到车水马龙的楼顶寻找阳光。当然，母子三人受到的歧视不在少数。J与K在心底暗暗咒骂，因为世道对于不谙世事的他们而言，未免过于不公。

在回忆起来只剩苦涩的少年时代，K经历着许多底层社会莫名其妙以及心酸痛楚的事情。至今回想起来，对于许多事情，他记忆犹新。其中，就有这么一个像烙印留在身体上、让人无法忘怀的故事。

那是一个异常寒冷的冬季。晚饭过后，家家户户都在楼顶散步，直至太阳没入西方，才回到各自家中，锁紧房门，享受室内的温暖。

一天夜里，从远方漂泊而来的野狗袭击了整个国家。

野狗队伍庞大而整齐，是任何军队无法与之抗衡的。从袭击国家到城市沦陷，时间不到一个月。野狗们的疯狂程度令市民不寒而栗，多年以后，没有人会谈起那段可怕的历史，也没有人会铭记那段恐怖的经历。

野畜席卷而来，破门而入。J与K躲在母亲的房间里，不敢发出一点声响，他们知道，任何不适宜的动静都会招来杀身之祸。母亲用双臂护着两个儿子，作为儿子们的支柱，她也害怕得手心流汗。K蜷缩在母亲的腋窝下，颤抖得

毛发竖立。房间外面传来震耳欲聋的破坏声。他仔细地分辨着各种声音，如同目睹野狗们的残忍：抬起电脑，朝墙壁上的油画砸去；肮脏的脚糟蹋着沙发，将珍贵的相册撕得纷飞；雷夫手枪使用密集，鱼缸被扫射得千疮百孔；将冰箱推倒，粮食被一扫而光。K快哭出声来了。

J的恐惧与K无异，他同样是一个可怜的孩子。那一年，整个国家到处都是可怜的孩子。

母亲的房间没有被打开，母子三人也因此逃过一劫。当野狗离开，房门打开时，他们简直不敢相信眼前的一切——所有有价值的东西均被掠走。这就意味着，他们已从普通居民变成贫困居民。他们不再拥有财富，他们穷得一干二净，他们无法支付高昂的房价、水费、电费、学费、交通费、管理费。

事情远不止于此。原以为灾难过后就是平静，大家收拾心情开始重建工作。谁也没有料到，第二天夜里，野狗再一次袭击，进行丧心病狂的掠夺。

穷困潦倒的人们因此感到雪上加霜。

大家摩拳擦掌，再也无法忍受不明不白的伤害。楼盘管理处聚集所有居民开了一个决策会议。会议抉择出一个在K看来既可笑又可悲的解决方案。很久以后，K回想起这个方案，都有一种哀莫大于心死的伤感。他内心那份渴望离开如此愚昧环境的想法，就在那时候产生了。

方案如下：

"每户家庭选派一位代表，代表者服食毒药（毒药统一发放，不得擅自准备，违者以国家最高罪名处理），然后由其家属收集服毒者排出的排泄物（以粪便为主），上交管理处。管理处按受袭击的程度轻重，合理分配排泄物，毒杀野狗。"

这是最为有效的处决方法，大家都知道，野狗以粪便为食，假如粪便有毒，吞食后必死无疑。这也是最为荒诞的方法，一旦服毒，代表们的生命也危在旦夕。

人们被追求胜利的渴望冲昏脑袋，历史上此类故事不胜枚举。对于服毒方案，响应者很多，显然已到舍生取义的人生境界。服毒者家属痛哭流涕，与伟大的代表道别，依依不舍。大家都知道，此处一别，永无见时。那是一个极具历史意义的时刻，大义凛然的服毒者应该被永垂不朽地记载。

K的家庭由于父亲失踪，管理处没有对其选派代表加以强制。比较之下，这是当年唯一一件让 K 舒心的事。

　　结果如大家所料。又一天过去，夜里来的野狗更多。它们还是如同魔鬼一样，席卷整座楼盘，当然也吞食了毒粪便。代表们死伤惨重，野狗们全军覆没。第二天早晨，没有弹冠相庆，也没有喜极而泣，人们无可奈何地安葬自己的亲人。安葬好亲人后，人们将罪恶的野狗狠狠抛进楼盘的深渊，以此纪念这场伟大的战争。

　　此事过后，J、K 两兄弟交流过离开楼盘的想法。终于，不负母亲厚爱，他们的愿望实现了。他们一同考上大学。

　　读大学的 K 曾经爱好广泛，对什么都怀有强烈的兴趣，后来却热衷于一大堆过去与未来的理论。从此，他一成不变，日出日落，永远埋头苦读。相反，J 的人生旅程却精彩得多。

　　J 在学校只待了两年，两年后他自己选择退学，原因不明。从学校出来，J 企图通过努力来养活自己，但事与愿违。靠嘴吃饭很简单，靠手活命却很难。他寻求过形形色色的职业，见识过千奇百怪的人物。丰富的社会经验最终让他逐渐站稳脚跟，外面的世界也终有属于他的一片云彩。他赚的钱虽然不多，起码勉强度日。他相信更好的日子会敞开怀抱，迎接追随者满腔热情的追求。

　　很快，J 变成汽车维修工人。这份工作尽管辛苦劳累，但薪金还算可以。可惜到了后期，随时间推移，按政府法律文件规定，国家除公共动车，其他所有交通工具必须退役。也就是说，汽车将从历史上消失，再也没有汽车需要 J 去修理了。他的日子再度陷入一潭死水。

　　有一天，J 在公司宿舍无事可做，实在闲得心慌，他拿起刀子切樱桃，一边切一边吃，切完吃完以后，又闲下来。他看到角落里堆放着许多废弃的汽车轮胎，脑筋一转，心想也许废弃轮胎可以派上什么用场。他用刀子戳进轮胎，像切樱桃一样，切下一块轮胎。先是闻一闻，没什么气味，再捏一捏，弹性十足。J 像一位聪明绝顶的先知，拍一下脑袋，走进厨房。在厨房里，他用所有做晚餐的材料调配出一种香精。然后，他将刚切下来的轮胎剁成碎片，加入香精，用刀叉搅拌，放在盘子通风晾干，最后把轮胎碎片安置在微波炉里烘烤一个时辰。一个时辰过后，拉开微波炉玻璃门，一阵清香扑鼻而来。烘烤过的轮胎碎片散发着亮澄澄的光芒，看起来比什么食物都美味。

J拿起一块，用嘴一尝，实在过于美妙。他欢跳起来，以此表达对一件伟大艺术品完成的庆祝。

J平静下来，躺在床上考虑很久，最后给自己的食品命名"口香糖"。

紧接着，J申请口香糖专利，变卖部分产权，与厂家合作，大规模生产自己得意的产品。这就是一位天才商人的开始。

待K大学毕业，J已经是一家建筑公司的总裁。J不仅拥有富可敌国的财富，也拥有不少女人。或者说，J因为拥有富可敌国的财富，所以拥有不少女人。

K的环球旅行就是J资助的。没有兄弟的资质，K可能还是一个刚从大学毕业出来，手足无措，面对一望无际的高楼大厦感叹蔬菜价格高涨的孩子，不可能成为一位环球旅行者。

曾经，K反对J的退学，而J却在后来用资金支持K去环球旅行。现在，J是一位大富翁，而K却是一位普通小市民。K对J不予言表的情绪，或多或少与此有关。

六

K 和 J 约定，在一家高级餐厅见面。

K 迟到整整十二分钟。他喘着粗气，不停地看表，小跑来到预定的位置。坐定后，他喝光两杯柠檬水。J 没出现，K 想不到哥哥比他还要晚到。迟到者等待另一个迟到者，K 敢怒不敢言。他自然不必怒，也无处可怒，只好悻悻地坐着等人。等待期间，餐厅服务员多次上前询问是否点菜，每次他都是摇头不语，服务员酸溜溜地走开。

时间已近中午，是就餐高峰期，餐厅里的人越来越多，如果 J 还不出现而 K 没有消费行为，后者极有可能被请退。这是一般高级餐厅的合理做法。

半小时后，J 如愿出现。

J 一副风尘仆仆的样子，拉开 K 对面的椅子，坐下来，笑得灿若桃花："尊敬的弟弟，不好意思，我来晚了。"

"没关系。"K 掩饰得很好，脸上看不出半点不愉快。

"我饿极了，先点菜吧。"J 翻动菜单。

"好。"K 说。

J 研究着菜单，动作敏捷，眼睛放着光芒。K 没有打算点菜的意思。也好，哥哥吃什么，我就照例加一份即可，他是这么想的。J 叫来服务员，开始一一下单。下单过程中，J 的两位助手走进来，和上司打声招呼，挨着邻桌，坐下来。

"你说吃什么好呢？"J 问。

"随便吧。"K 说。

J 叫来服务员，点了两份黑椒牛排，两份肉酱意大利面，外加两支威士忌。点完后，J 随手将菜单牌交给服务员，然后转过身，对两位西装革履的助手说："你们吃什么，随便点。"

助手们点点头，开始查看餐牌。

J 脱掉外套，搭在右手边的椅子上，对 K 说："你最近生活怎么样？"

"马马虎虎。"K 嘴角抿起来。

"钱不够花，可以跟我讲。我知道你的银行账号，我给你划钱过去。"

"我有工作，赚的钱足够用。"

"噢！对，你有工作。"J恍然大悟，说，"那算什么工作，每天汗流浃背，我还是劝你转行。妈也整天挂念你，说你的工作不体面又不卫生。来我公司也可以，我给你一个客户总监当当，怎么样？"

K没有回答。

J点燃一根烟，半闭着眼睛，吞云吐雾。他给K递过一根，K摆摆手拒绝。

"抽抽嘛。"J说。

"不，不必了。"

"真是的，像我这种应酬多的人，不抽真不行。"J说完，喷出一口长长的烟雾。

"我请求你协助进口的光照镜搞定没有？"K没有忘记这次见面的目的，向J问道。

"没问题，不就是镜子吗。"J又吐出一口长长的白烟，接着说，"这几个月一直忙，接手的事没断过，前几天才帮你从最好的造镜厂购进来。"

"谢谢。"

"没什么，不用客气。"

"花费多少，我还给你。"

"不必了，就那么一点。"

K没有再开口。

"我就不懂了，镜子干吗非得进口？"J问。

"特殊材料，光照敏感度比一般镜子要好。"

"喏，我真不懂。镜子不都一样吗？反正谁往前一站，看到的永远是庸俗的自己，眼袋往下塌，皱纹往上爬。"J哈哈大笑。

"光照镜和普通镜不一样。"

"好吧。不一样。你也别再问我那个没办法解决的问题了，怎么问来着，镜子的另一面是什么，是吧？"

"是。"

"每次你都问，真扰人。我委托助手问过国外造镜厂老板。那个在网站上看起来狡猾的白人说，他也无法回答。"

“没想到你会帮忙提问。”K 说。

J 摊开手，表示不用谢。

烟很快被抽完，J 右手拿着烟头，掐灭在烟灰缸里。他欠欠身，说：“我的建筑公司目前遇到了难题，一个行将入土的老太太阻碍着工程的进度，她死活不肯离开旧房子，半步都不肯。”

“那怎么办？”

“没有怎么办，我们又不可以强制动作，只好等待，等公司相关负责人游说。”

“你可以加倍给老太太赔偿金呀！”

“没用。给她十倍，她都不会答应。”

“这样。”

“你说，怎么每个国家都有这种不明事理的人。他们老态龙钟却不明事理，最主要是，大家还不敢得罪他们。”

K 回答不上，静静坐着。此时，服务员端来午餐。兄弟俩低头吃起来。餐厅优美的音乐在他们头顶环绕，是舒伯特的《流浪者幻想曲》。

“把问题交给国家吧，本来就不属于你的管理范畴。那些肚子比脑袋还圆的政客会处理好的。”K 说。

“不说了不说了，说多没胃口。”

兄弟俩又低下头。

J 用餐刀叉起一块牛排，轻盈地放在嘴里，嚼得有滋有味。不一会儿，他说：“弟弟，你环球旅行的时候，去过奥赫里德吗？”

“没有。我知道在马其顿。”

“嘿，上周我刚好去过，吓死我了。”

“怎么？”

“奥赫里德居然没有像我们这样的高层建筑。听说是国家明文规定，禁止所有破坏自然的开发。多新鲜，好久没听过‘自然’这个词了。”

“上次旅行的时候，因为对不上时间，没有到那里，有点可惜。”K 脑里隐隐空荡，真心觉得可惜。

“奥赫里德曾被古希腊人称为‘阳光之城’，因为一年中有二百三十天阳光明媚的日子。你说，要是我们的环境如此，该有多好！”

"你们的游玩怎么样？"

"我们驾车从首都希科普到奥赫里德，一路上遇见都是茂密的山峦与丘陵。下车后，我们随便找一家餐厅解决饥饿问题。当地人热情好客，吃的东西也比较符合我的口味。导游说，奥赫里德建城以来，前后分别由拜占庭人、斯拉夫人、诺尔曼和土耳其人在古希腊和古罗马的基础上建起，建筑多姿多彩。我看呀，那里全是一望无垠的林荫路和狭窄曲折的街道，路边大多是十七至十九世纪建成的红色屋顶的房子，和童话故事里的一样。奥赫里德还有许多教堂，不管怎么迷路怎么走都会见到教堂和修道院。路边也有许多档次不同的旅馆与商铺，当然还有露天咖啡座与特色小店。特色小店里挂着让人眼花缭乱的明信片……"

"我长这么大，还不知道明信片到底有什么意义，所以也一直没寄过。读书的时候，看着同学们热火朝天地邮寄明信片，我真想问问他们，那是在干什么。"K打断哥哥的讲话。

J看了一下K的眼睛，不在意弟弟的鲁莽，接着说："我们去看了奥赫里德湖，那真是美丽的湖泊啊，漂亮程度让人难以置信。你可以想象一下。湖岸边飘着小船，像纸张一样。湖面反射着阳光，粼粼闪动，碧波荡漾。远处是洁白的雪山，倒映在湖里，仿佛梦境一般。我们当时就讨论，要不要下去游泳一番，哈哈。后来，我们游览古城的塞缪尔王城堡，它伫立在奥赫里德山顶上。导游又告诉我，这座城堡建于公元九百七十六至一千零一十四年，其四周筑有长达三公里的坚固城墙和塔楼，它占据整个奥赫里德山顶。我们登上去，奥赫里德的湖光山色尽收眼底。"

"你们住得怎么样？"

"我们当晚下榻在老城区的一个叫'hotel cloud'的旅馆。房间整洁宽敞，打开窗户可以看到奥赫里德湖，还好有个小阳台，晚上我坐在茶几旁，看了很久夜景。旅馆旁边还有很多酒吧，一到晚上，热闹非凡。"

"挺好的。"

"如果赶上七八月份，会更好玩。大巴司机跟我们讲，那时候，马其顿政府会举办'奥赫里德之夏国际艺术节'，整座城市将沉浸在古典音乐、爵士乐、音乐剧和民歌里，各种形式的表演也将陆续登场。可惜了，否则我们可以在露天舞台上见识到不同时期的戏剧艺术和音乐表演。"

"挺好的。" K 点点头。

"你知道吗？回国这么久，我一直怀念在奥赫里德的日子，我觉得自己好像重新活过一次似的。多么让人难忘的时光啊！很多时候，我满脑子都是奥赫里德。奥赫里德奥赫里德奥赫里德。我闭上眼睛，就是湖面上朦胧弥漫的水汽，就是晨光里翩翩起舞的红瓦白墙，就是城堡上飘扬着的鲜艳的马其顿国旗。脑海里还有几只远道而来的海鸥贴着湖面飞行，围绕着古城不知疲倦，像在守卫着那个美丽而神奇的地方。"

听完哥哥的话，K 的思绪飘荡起来，身临其境一般。

J 的述说主语是"我们"，其实，K 不用想也知道，哥哥是和家人一起旅行的。J 有一位温柔漂亮的妻子，还有一个可爱迷人的女儿。J 嘴上充满的甜蜜，完全是建立于有亲人陪在身边一起度过美好岁月的基础之上。

"大嫂和 Lily 怎么样？" Lily 是 K 的侄女，他问候一下，表示关心。

"都挺好的。" J 说。

"嗯。很久没见面了。"

"改天我去接妈，你们一起到我家吃个饭，见见面。"

"也好。" K 也很久没有见过母亲了。

"我准备购买一套新房子，给妈换一个全新环境。"

"好呀！" K 因为高兴，几乎叫出来。

"反正我有存款，钱放着也发挥不出作用，还不如拿来换取质量高一点的生活。"

"看过房子没有？"

"星期三看过，我有一位朋友专门做房屋买卖生意，说一声就可以。"

"太好了。"

"你有我的手机号码吧？" J 问。

"有。"

"以后就别通过电话联系了，我不带手机，发电子邮件，晚上会看，也会回复。"

"好。"

"进口镜子放在我公司下属的工厂，你什么时候需要，提前告诉我，我吩咐助手转运给你。"

"好。"无论如何，K还是非常感谢他的哥哥。

J从入座到离开，一共四十五分钟，K看过手表。J站起身，两位助手也站起身，一左一右尾随上司离去。

这就是J，这就是K的哥哥。J是商界的精英，是国家的大人物，有事业，有未来，他见识多，阅人无数，社会经验丰富。而K只是一位普普通通的光照师，没有稳定收入，没有固着生活规律。J越对K好，K越看到自己与哥哥的差距。

K留意一眼午餐的费用，价格高得令其咂舌。J早已买单，K也没想过要买单。每一次与哥哥的共同消费，永远是哥哥先行支付。这像一条不成文的规定。这条不成文的规定有时候还真的让K伤心。

七

从餐厅出来，时间接近下午两点。

K打开手机，看到三个未接电话，和十条短信：

十点二十三分：混蛋！

十点三十五分：混蛋！你一般在女人被窝里睡完觉后，连走也不说一声？

十一点十分：你真让我失望。

十一点十二分：难道你就这样对我？不回复一下？就一下下。

十二点四十分：好吧。感谢你的光照和关照，女儿起床后一直很开心，也愿意和我出去遛狗了。都是你的功劳。感谢。

十三点零四分：你可以给我打个电话吗？

十三点十三分：算了！

十三点十五分：你忙你的。

十三点半：你我从来都是陌生人，冒昧打扰了，再见！

十三点三十二分：你真是一个不折不扣的混蛋！

未接电话和短信都是来自同一个号码，米莉。K盯着手机屏幕，一时不知如何处理，所以也就没有回复。昨晚发生的一切就像毕加索画卷里的色块，忽明忽暗，不停在他脑海里显现。噢，那简直是一个梦魇。梦魇不属于大白天，大白天也不接纳梦魇。他讨厌梦魇缠绕到天明。他离开餐厅，踏上潮湿而夹带异味的动车，像坐上即将进行太空冒险的飞船。他毫无目的，他不知所措，他担惊受怕。

去哪里？他不知道要去哪里。

K摁响门铃。

米莉打开门。

K回到米莉的处所，两人再一次见面。米莉看着K，惊愕好久。她的双眸一动不动，水汪汪的，眼泪都快流出来。她一句话也没说，血液随着加速跳动的心脏沸腾起来，几乎是颤抖着。她扑到对方怀里，紧紧抱住。

米莉缓慢地请K进到屋里。K买来一些比萨和果汁，还有许多蔬菜。薇薇和叔叔打声招呼，调皮地打开一瓶果汁。

"不好意思，上午一直忙，没看到电话。"K说。

"我是不信的，既然你来了，我也就不细究了。"米莉说。

"女人聪明可不是什么好事，哈。"

"你打算住到什么时候？"米莉不认为K会离开，也不想他离开。

"不清楚。"

"那你总该有计划吧？"

"不知道。"

"怎么又是不知道？"

"没有答案。"

"怎么会没有答案？"

"愚蠢的人对什么都要一个答案，看来你也不是很聪明嘛。"

"鬼话连篇。"

"好吧。"K拿起玻璃杯喝果汁。

两人笑出声来。

五天过去，K住在米莉的家已经过去五天。时间飞快，他没有家庭，却住在一个家庭里，这是他从来没有的体验。而时间的流逝并没有和往常一

样使他慌张，这也是他从来没有的体验。五天日子里，他没有接到一单生意，因此也没有出过一趟门。其实，他也不想出去。对于工作，他还是信服师傅的教诲，有则可，无则亦可。每一天，在固定时间他会到薇薇的房间晒晒太阳，然后在她年轻的脸颊上亲一口，把她痒得咯咯笑。

在米莉家待久了，K感觉时间静止了一样。他在米莉的书房里看到一句话，觉得非常对："有规律的生活可以让我们所过的每一天变得相同，而事情和习惯重复得越多，我们所过的每一天就会变得越来越相似，随之我们所过的每一年也会变得越来越相似。直到有一天，整个一生看上去就像是一年一样。"他可不想每年都一样。

一天，K终于想明白了。应该去寻找米莉的丈夫，这个想法从一开始形成，随即如同顽强的种子破除一切障碍，每个夜晚，他都能感觉到种子即将脱离脑壳，生根发芽。是的，经过五天的思考，K终于想清楚要去做的事情。

米莉的丈夫如同一支巨大的魔爪挠着K的心。K感觉米莉的丈夫就生活在自己身边，后者会在出现在宽敞明亮的客厅，出现在光洁温馨摆满各种洗漱用品的浴室，出现在养着一只卫生文明又爱撒娇的小狗的阳台；后者会在客厅端着古典的茶杯专心闻着烟气袅袅的茗香，在阳台抱着他的女儿拿着奶油面包挑逗饥肠辘辘的宠物。米莉的丈夫无处不在，甚至连K闭上眼睛，也看得清那陌生而熟悉的身影。

我为什么不去寻找他，与他见上一面？

这个想法一直被K压在心头，未曾向米莉开口。他找借口辞别米莉，米莉没有阻止，他答应她，很快就会回来。这是非常短暂的离开，他向她保证。

就这样，K踏上寻找米莉丈夫的征程。而聪明的K从与米莉交流的话语中，套寻出她丈夫的名字，当时她还为自己的口误百般掩饰，但这些不重要，重要的是，他了然了她的丈夫，她丈夫的名字叫艾伦。

他要去寻找的人叫艾伦。

米莉不知道K会去寻找她的丈夫，如果知道，她也不知道自己会不会加以制止，如果制止，她更不知道故事的发展会不会朝另一个方向推进。

一本没有页数的书

八

艾伦曾经是本地一所高等院校的教授，后来参加电视选秀节目，签约一家娱乐经纪公司，从此走上星光大道。妻子米莉对签约一直存在异议，她没想到，会遭到艾伦的反驳。反驳的理由是她厌恶的——成为艺人可以赚更多的钱！

他说，女儿吃的高钙奶粉可贵呢，尿片也不会自己从超级市场跳到女儿房间按顺序排列整齐，还有商场里那辆枣红色儿童山地自行车，如果女儿再大一点，骑在上面肯定会吸引更多人的眼球，到时候，我可以骄傲地对每一位路人讲，嘿，那是我女儿。

签约后的艾伦平步青云，工作通告排满整个日历，直接导致回家的时间少之又少。米莉与女儿相依相偎，苦苦期盼艾伦的回巢，却总是事与愿违。风光无限的丈夫和父亲疏忽了对亲人的照顾，勉强用电话给予爱人问候，作为相思的慰藉。

距离上次艾伦回家的时间已是一年有余。

从米莉家出来以后，K见过米莉的丈夫三次。

第一次，艾伦前往伯明翰雕刻艺术学院做演讲，K扮成艾伦的粉丝，躲藏在欢迎的队伍里面。K自己没走，却感觉人潮在推着他移动。欢迎的队伍人山人海，堵在过道两边摇旗呐喊。K了解过追星一族的疯狂行为：有的为了表达对偶像的爱意，在网络上表演自残；有的按照偶像的样貌去整形，最后变成偶像的外貌，连自己也认不出来；有的在观看偶像表演的时候，因为激动过头，当场吞下几十颗安眠药。在K看来，艾伦的粉丝大致如此，所有偶像的粉丝大致如此。

随着粉丝们的欢呼雀跃，艾伦从汽车上下来，朝学院大门迈出高贵的步伐。艾伦周围有十几名安保人员，一半用来围堵疯狂的人群，一半用绳子拉出一条直线，让他沿着直线走。关于这点，娱乐新闻说得已经够多。"两点之间直线最短"是由古希腊数学家欧几里得所著的《几何原本》中提出的，

随着数学理论的传播逐渐应用于生活中的各个方面。大文豪以及有社会地位的人皆以此为移动准则，每出席一次活动，都要走在直线上，彰显自己的一种简约而不简单、利索而不啰唆的形象气质。电视里头八卦的娱乐节目总在讨论，这个明星的直线有多直，那个明星的直线有多粗，这个那个明星的直线有多长。其实这也是一种俗不可耐。

艾伦身边几名年轻的安保人员高大威猛，一身漆黑，还戴着闪闪发亮的墨镜。他们一手拿着皮革记事本，一手拿着绳子，行动迅速。拉绳子的黑衣人如同直尺上的刻度，而绳子俨然成为一把衡量曲直的戒尺。绳子拉定后，艾伦沿着直线走上红地毯。他高举手臂，挥舞着，脸上挂满春风得意的灿烂笑容。此时，人群的骚动达到高潮，相机的闪光灯就像黑夜里炫耀的星辰，"咔嚓咔嚓"一直响个不停。

K被拥挤的人潮逼退到后面。他抹掉脸颊上的汗珠，望着艾伦消失在人头攒动中，似乎明白作为公众人物所具有的魔力——享受别人的追捧，乐不思蜀。

艾伦在伯明翰雕刻艺术学院的演讲面向该校学生，K由于不具备入场证件，不能进入演讲会所，没有进一步接近艾伦。

这短短的一面之缘，算是K与艾伦的第一次见面，尽管艾伦没有意识到K的存在。不过，很快，K开始跟随艾伦的团队，从一个国家到另一个国家，从一座城市到另一座城市，满世界参加活动，如影随形。

K第二次见到艾伦，是在江城书店的演讲礼堂。

因为报名较早，K拿到入席票也早，按顺序坐在第一排的位置。他距离艾伦相当近，艾伦在讲台上流的汗珠也被他看得一清二楚。如果米莉见到，她一定心痛地哟哟直叫，拿手帕帮丈夫擦汗。K想，可惜她却生活在黑暗里无可奈何，无动于衷地像一名怨妇。

艾伦演讲的题目叫《时间是厨师》，内容大概是讲解时间作为主动方是如何改变世间人类对食品的要求。演讲很顺利，时不时掌声雷动，艾伦也会适时停一会儿，注视着观众。然后喝口水，进入下一轮风趣幽默的讲解。演讲结束后，是观众提问时间。观众提出的问题大多可以从演讲内容中找到答案，不免显得多此一举。面对诸多问题，艾伦没有丝毫厌恶，而是一一回复。

K留意过，艾伦有一种无法抗拒的魅力，不仅仅是因为学术与娱乐相结合的明星包装。

　　最后，所有环节结束，一大拨人群像洪水一般涌向艾伦，请求签名。当然，K也在此列。为了进一步与艾伦接触，冒充狂热的粉丝是个好办法。

　　好不容易排队等到K。K与其他粉丝一样激动，对米莉的丈夫说："艾伦先生，我非常喜欢你的著作，也非常高兴见到你！"

　　"谢谢支持！"艾伦看着对方的眼睛，诚恳地回答。但他不知道，这位粉丝说的话，后一半是真的，前一半则是一种礼貌说辞，就像见面时的问候一样。

　　无论如何，K与艾伦终于说上了话。

　　出了演讲礼堂，K看着艾伦新书扉页上的签名，仿佛看到艾伦正在用熟悉的笔法在为女儿购买的奶粉、尿布、自行车的账单上签名。两者一模一样。

<h1 style="text-align:center">九</h1>

　　两天过后，K再次和艾伦碰面，在城市电视台的演播厅里，这是他们的第三次见面。

　　录制的节目是名人访谈类，在电视界口碑不错。主持人是一位女主播，面容姣好，她吐着一口自以为是的诙谐话语，轻声细语地询问艾伦与他新书无关的生活八卦。艾伦的穿着一如往常，谈笑爽朗明媚。舞台上明亮的灯光与舞台下激动的眼神交织在一起，聚集到这个成功的男人身上，使之更加璀璨耀眼。

　　节目录制到中场休息，艾伦上洗手间。K与管制人员斗智斡旋，也谎称上厕所。就在城市电视台那有着光洁如镜般地板的洗漱间，K与艾伦再次碰面。

　　艾伦从厕所间开门出来，对着镜子整理仪容。他忽然留意到身后的K，颇为惊讶，说："噢，是你，上次签书那个……"

　　"是我，我叫K。"K说，同时为艾伦的记忆力惊叹。

"嘿，K先生，你好。"

"艾伦先生，你好。"

"好巧，上次在伯明翰见过你，现在回国又见到你。"

"不，我是特意来参加你的节目的。"

"是吗？非常感谢。"

"不客气。"K没有上厕所的意思，接着说，"我可以和你聊一会儿吗？"

"当然可以。"艾伦挽起袖子，看一下手表。

"你觉得当娱乐教授怎么样？"

"你该不会是什么烦人的报社派遣过来的吧？"

"噢，先生你误会，我只是感兴趣，想了解一下。"

"还好呀，我的工作有时候挺辛苦。"

"也是，看你的事业如日中天，那你的家庭如何？"

"……"艾伦没有回答，认真看着K的眼睛。

"非常抱歉，我是说，你家人的生活状态怎么样？"K补充道。

"还好。"

"不介意的话，可以说一下你妻子吗？"

听完K的问题，艾伦的神色立刻改变。他似乎百分之一百确定，站在他面前的陌生男人来自某个销售不好的娱乐周刊。他转换之前的语气，生气地说："以我们见过两次面的交情，还没达到可以与你交流私生活的程度吧！"

"不，先生，我并不是狗仔队的人，真的不是。"K解释到。

"不管你是不是狗仔队的人，我们的话题肯定不能再往下深聊。"

"非常对不起，艾伦先生，我实在无意冒犯。"

艾伦双手抚一下西装领口，对K说："先生，如果你与我讨论学术问题，我会非常乐意。"

K听得出来，艾伦的语气里面充满怒火，只是装在温文尔雅的身躯里，很好地掩藏起来罢了，而且掩藏的技巧熟练得炉火纯青。

"很抱歉，艾伦先生。"K觉悟到自己的错误。

"没关系。"

"我看过你的很多书，想起几个相关问题。"从江城书店出来，K确实翻过几本艾伦的书。

"你照说无妨。" 艾伦似乎有点不耐烦。

"你觉得你的生活快乐吗？"

"难道你又想用那些蹩脚的生活经验和我谈人生呀？"

K不知道怎么回答，停顿一会儿，直接跳到下一个问题："你觉得镜子的另一面是什么？"

"你知道马丁·艾斯林吗？" 艾伦还是反问。

"不清楚。"

"马丁·艾斯林是英国著名的戏剧理论家，他一生的事迹无多，认真读书写作生活。你知道，我喜欢这样的人。一九六一年，由他创作的专著《荒诞派戏剧》出版，正式为荒诞派戏剧命名。从此，人们可以更好地研究戏剧的门派，他的著作也很好地给人们提供了工具。"

"这样的人有魅力极了。"

"马丁·艾斯林生活的时代，民不聊生，战争刚好停歇，劫后余生的人们，抚摸着战争的伤疤，开始了痛苦的反思。大部分人对传统价值观念和现存的秩序持否定的态度。他观看着塞缪尔·贝克特的《等待戈多》，欧仁·尤内斯库的《秃头歌女》，他怀疑自己的存在，他甚至说：'人生本来就是没有任何意义的。'天呀，我开始也怀疑自己为什么喜欢这样的人。他完全是一个疯子。"

听完艾伦的话，K陷入沉思。

艾伦接着说："我们在等待中纯粹而直接地体验着时光的流逝，当我们处于主动状态时，我们可能忘记了时光的流逝，于是我们超越了时间；而当我们纯粹地被等待时，我们将面对时间流逝本身。"

"马丁·艾斯林说的吗？"K问。

"非常聪明！"

"可是你为什么跟我说这些？"

"没有原因。"

"那你觉得镜子的另一面是什么？"

"我不知道。我所能说的，前人皆已说过。每个人心中都有自己的答案，我所能做的而且最好去做的只有寻找他们的答案。就立场而言，我和你一样。

明白吗？我是不可知论者，请将之与无神论者区分。如果你问我幸不幸福，我倒可以给你一个明确答复。"

"你幸福吗？"

"我不知道。"

K再一次陷入沉思。

艾伦又挽起袖子，看一下手表，说："K先生，非常抱歉，我还要赶录节目，先走了。"

"好，感谢你的交流。"K错开身子，让出一条路，"很高兴与你一同探讨。"

艾伦径直离开，出到门口，忽然转身，对K说："希望我们还有机会见面。"

K回应道："但愿如此。"他不明白对方为什么这样说。

他不明白的还有，为什么彼此的关系会搞得如此僵硬。他并不想这样，可是他明明在艾伦的话语里感受到一种强硬，这种强硬是对抗，是驾驭。他觉得糟糕透了。

K认真地洗了把脸，回到演播厅。他早已心不在焉，而舞台上的大明星艾伦却一如往常，好像刚才发生的事情根本不曾存在似的。K看到的只是一些堆满笑容的脸和一张一翕的嘴，眼前一切都是默片。整个世界安静之极，没有一点声音。

真是糟糕透了。

+

自上次K与艾伦在城市电视台的洗漱间有过不愉快的交流后，两人就再也没见面。而K从米莉家出来，也达半个月有余。

半个月多的时间里，K假装粉丝，随着"偶像"在地球上飞来飞去。艾伦去哪里，他也去哪里。在这期间，K数次接到米莉的电话。他没有向米莉透露任何有关行程的信息，米莉也不清楚他在什么地方，做什么事。倒是这个女人幽怨地向他诉说不少有关家庭的事情。其中说得最多就是她的祖母。

祖母吃饭好少。

祖母八十七岁高龄。

祖母不想喝没有味道的白开水。

祖母独自一人居住在低层楼房里。

祖母两天没有给她打电话报告身体状况了。

祖母病了。

与艾伦的关系越加僵硬，这是K未曾预料的。他追随着人来人往的粉丝，变得更加渺小。艾伦是大明星，大明星离他好远，远得目所不能及。在米莉的再三请求下，K心灰意冷，打包行李，回到米莉身边。按要求，他备齐工具，准备给祖母安装光照系统。米莉哭丧着脸，说可怜的祖母需要阳光。

真是不敢相信，就在几天前，K见的只是米莉的丈夫，现在却准备去见米莉的祖母。

米莉有祖母房子的备用钥匙，当她带着女儿和K，三人站在祖母家门口时，没有敲门就直接打开进去。

门一开，一股糜烂的臭气就往大家的鼻子里钻，实在让人反胃。祖母房子的样式和米莉房子的一样，不同之处在于多出不少杂物。没人打理的房子当然不会干净到哪里。其色调非常灰暗，连孩子也可以一眼分辨出来，这是老人家的起居用房。

祖母在卧室听到大厅的声响，发出阴沉的嗓音："外面是谁呀？"

米莉莞尔一笑，没想到祖母听力这般好，说："米莉呢，奶奶。"

此时，米莉已经踱步到祖母卧室门口，双手一扭门把，走了进去。K用手搭着薇薇的肩膀，跟着进去。

"奶奶，我熬了白粥给你，起来喝哟。"米莉快步迈到祖母身边，将枕头竖直，扶起祖母，使之坐在床头。然后，米莉伸出右手抚摸祖母的头发。

祖母见着孙女的人，听着孙女的话，眉开眼笑，不停地说："好好好。"

"太婆婆好！"薇薇说，声音洪亮。

"好好好。"

K用手扫抹沙发上的白布，确定上面没有灰尘后，陪薇薇坐下来。祖母人老，尽管视力不佳，但还是留意到一个男人的身影，问道："是艾伦吗？"

"不是，他是我请来的光照师，准备给你接送阳光的。"米莉说。

057

第二辑 不知所谓

K 这才微笑着向祖母点头，打招呼道："奶奶好。"

"好好好。"祖母依旧如此回复问好。

K 认真观察起祖母来：头顶的毛发掉了不少，稀稀疏疏，白银黑混合在一起，像枯萎的水草。额头上的皱纹凹陷着，将流出的汗水镶嵌在里面，透过昏暗灯光的折射，不时闪耀光线。眉毛有的泛白，像是用毛笔描绘出来的，耷拉在无精打采的眼睛上。而眼珠深陷得像两口枯井，浑浊不清。鼻子如同即将坍塌的建筑，受不起任何的风吹雨打。嘴唇也没有血色，用力呼吸时，嘴巴就大口大口喘气。主要是单薄的身子，像用火柴支着，然后用糨糊粘纸做出来，看着让人心疼。

米莉用勺子给祖母喂粥，专心致志，祖母则半张着嘴，侧身接受孙女的恩惠。K 看在眼里，两个女人重叠一起，身份也发生错位，仿佛祖母就是米莉，米莉就是祖母。不同的辈分换以不同的姿态进行同样的哺育。噢，伟大的女人呀。

祖母吃完粥，薇薇窜到床上，对曾祖母说："太婆婆，我给你唱首歌，今天在学校新学的。"

"好好！"祖母笑得眼睛眯成一条线。

然后，薇薇开始唱道：

"嚓嚓嚓嚓刨花飞，刨花飞，
沙沙沙沙大锯响，大锯响。
我是快乐的小木匠，小木匠，
嗨！嗨！快乐的小木匠。
干起活来跳又唱，跳又唱，
手艺别提有多棒，有多棒。
我是快乐的小木匠，小木匠，
嗨！嗨！快乐的小木匠。
木板堆成一排排，一排排，
木条堆成一行行，一行行。
我是快乐的小木匠，小木匠，
人人都夸奖。"

薇薇很认真，像舞台上的艺术家。唱完后，大家都为她精彩的表演鼓掌。

祖母伸一下腰，说："薇薇真棒。"

"谢谢太婆婆夸奖。"薇薇开心，笑得咯咯响。

"爸爸最近回过家吗？"祖母问。

"没有，他忙呢。"米莉抢答。

"怎么一年到头都忙？你还是主动联系一下吧。"

"我自然会。"

"前几天楼盘管理处的人来过，通知我搬迁。哎！时间过得够快，像我这把年纪，一转眼，房子就换到两千多层，爬都爬不动了。"

"那你当时怎么说？"

"我实话实说，不想搬，不去搬。"

"他们肯定还会来。"

"来吧来吧，反正上次又不是第一次来。"

"你养好身体就是，这些倒不必管。"

"我能管什么？他们想注水泥，就等我死吧。等我死了，房子就空了。"祖母说得很轻松，也很认真。

"不许这么讲。"米莉嘟起嘴。

"你看房子里有什么可以用的，拿走吧，反正我也用不上。"

"我不要。我会常来看你的，我用也是你用。"

"是是是。"老人又笑，很安详。

"我叫光照师准备吧，接阳光给你，暖和暖和。"

"好好。"

K系好安全绳索，爬出窗户。他满脑子都是米莉祖母的形象，挥之不去，好像祖母一辈子的经历全部紧塞进来。低层楼房没有一丝阳光，他却感觉眼睛异常刺激，是接受阳光直射也没有的刺激。肩膀上的背包变得十分沉闷，随时增加重力，将他往下拖。他从来没有像今天这样疲惫。

楼宇外墙有的角落瓷砖已经脱落，裸露出灰暗的沙石，上面斑驳长着几个群落的青苔，细小的微生物安静地居住在里面。肥沃的地方伸出一株阴性植物，鹤立鸡群地随风而动。空调排水流过的缝隙则形成小溪，里面的

小鱼儿悠闲地吹泡泡。在这些满足生存条件的地方，出现稍微体积大一点的动物也不是不可能。人们废弃的宠物大多在上面活动，追猎进食繁衍哺育，就像潘帕斯大草原，一派欣欣向荣的景象。

在"大草原"上工作不是一件简单的事。首先，装备要好，不好的装备要命都有可能。其次，不可破坏生态平衡，并在此基础上保护好身体，被树枝扎到被动物咬伤早已习以为常。

母亲不喜欢他这份工作，K知道，虽然她没有开口对他说。

K的脑袋肿胀，塞满着米莉祖母的容颜，回响着米莉与祖母的对话。他慢慢联想起自己的母亲。母亲终究会到垂暮之年，有生病没人照看的一天，有被迫搬迁离家出走的一天。那时候，当儿子的能不能尽一份责任，陪在老人身边？

K反思自己，一直被悲伤的情绪困扰。

在工作的时候，反思就是走神。也就那么一会儿时间，K一走神，一不注意，左脚踩空，整个人像悠悠球一样被安全绳索牵住，重重撞击在墙壁上。疼痛如同墨汁滴入水杯，缓慢地在他的右手臂扩散开来。伤势不大，却具有与伤势不匹配的痛楚，肩膀上面还渗出血水。他曾经被动物咬伤，但从来不会因为自己的失误而受伤。

K从医药箱拿出止血带，单手打上纱布。他痛得紧闭嘴唇，牙齿磕碰在一起，发出"嗑嗑"的声响。

还好没有丢失性命，倘若真是如此，他是无法向母亲交代的。

在一片楼宇外墙上爬行的男人的额头上，一滴汗液逐渐形成，由小变大，最后悄无声息坠入深渊般的地面。K肯定不知道，有这样一种成分离开他的身体。

镜子的另一面是什么？K无论何时何地，都将这个问题挂在嘴边，但今天不同，面对身患恶疾的米莉祖母，他没有开口提问的欲望。他害怕老人给出的答案，也害怕得不到答案。他想起艾伦的话，或许对于一位像祖母一样的老人，真的不存在什么正确的答案，自然也没有什么人生意义。那镜子的另一面是什么？这个问题本来就不具现实性。

K久久不能平静。

安好光照装置，K从楼宇上下来，没有向任何人提起半点事故的起因经过。尽管他的右手臂还在隐隐作痛。他默默低着头，陪同大家在简陋的房子吃完一顿晚餐，然后离开。

夜幕降临前，K启程回家，他没有回米莉的住所，也没有回自己租住的房子，更没有在楼顶中央大道游荡。他回了母亲的家，真正的家。K想母亲了。

十一

又是一天清晨，K被铃声闹醒。一开始，他以为是闹钟，可昨晚没有调闹钟呀。肯定是工作电话。想法如同闪电，从他的脑瓜里一闪而过。这又不是第一次被工作电话吵醒。

K连眼睛都没睁开，急忙抓起手机，摁响接听键。手机里立刻传来米莉的嗓音，急促而慌张："K，赶紧过来，奶奶出事了。"短短的一句话，他还来不及回复，电话已经"咔"地挂断。

脑袋沉重如铁球，K将双手捧在上面，像端着一锅糨糊。他意识到自己还没完全清醒过来，于是在心里默念：米莉祖母肯定出了大事，米莉祖母肯定出了大事！对，出大事了。他从床上一跃而起，算是整个复活过来。

接到这样的电话，木头做的脑袋也会紧张。

K匆忙整理着装出门。还是早上六点多，动车上人少。很快，他就来到米莉祖母的住所。

米莉看见K开门进来，上前牵住他的胳膊，哭泣着，吞吞吐吐："奶奶刚才……刚才休克过去……"她的眼神透露着虔诚的恳求，意在询问对方：这该怎么办？

K紧握米莉的双手，说："会没事的。"他再清楚不过，如此对白的目的在于安慰，而安慰的形式不过是敷衍。他是在善意地敷衍。

米莉泪水不停，直愣愣盯住K。

K松开紧握米莉的手，走到祖母床边，再一次认真端详起祖母来。人活到老，机能退化，身体残败，看着让人心酸。现在的祖母奄奄一息，比上一次留在K印象里的形象还要萎靡。她的脸颊就像荒废的煤矿，而其上的皱纹如同被雨水冲刷形成的沟壑，向藕黑的嘴唇收拢。她的嘴唇边角泛

起小小白色泡沫，必是很久说不出话。应该被病痛折磨得很辛苦吧。

"会没事的。"K对米莉说，"我打电话叫医护人员过来。"

七点一到，祖母屋子的房门被敲响。米莉开门一看，却是一群陌生人。他们有的是穿着政府单位制服的编制人员，有的是普普通通的基层劳动工人，还有的就是鲜有见面的邻居。显然，最后者完全出于凑热闹，邋里邋遢，大部分披着睡衣。K表示不明白，米莉说："他们是领命过来，搞房子拆迁。"

K惊叹："怎么可以，不顾及老人的身体状况吗？"

"前天晚上就来过，我刚好在这里。奶奶正休息，她并不知情。是我与他们交流的。"米莉说。

"然后呢？"

"政府允诺分配一间新的房子，距离这里很远，在卫星城市开发新区那边。我签字应承了，心想等着奶奶身体好转，就和她商量搬迁。"

"你早就应该和奶奶商量呀。"K说。

"我不知道。现在奶奶身体不见好转，反而在昨夜病情恶化。我快受不住了。现在拆迁队找上门来，情况紧急，恐怕搬迁也对奶奶健康不利。天呀，我该怎么办？到底该怎么办？"米莉说完，放声大哭。

薇薇见母亲泪流满面，自己也觉得委屈，依偎在米莉裤腿旁抽泣。

"我是不是很傻？"米莉问。

K低头不语。

他将房子大门打开，走出去。他必须向拆迁队说明情况。他对制服群说："你们谁是负责人？"

一个套着天蓝色羽绒服的中年男子拨开人群，走上前来。所有政府人员侧身，目光汇聚在羽绒服上，凑热闹的邻居同样如此，满眼期待。羽绒服长得眉清目秀，用手推一推近视眼镜，说："我是负责工作的，有什么事？"语气里无威吓也无显摆，只有不卑不亢的询问。

K打量一遍羽绒服，细悟语调，深谙对方是一个好讲话的人，说："先生你好，我是屋主的朋友。"

"有什么事情，惊动好朋友？"

"屋主年事已高，久病卧床不起。你们现在大动干戈，怕对老人影响

一本没有页数的书

不好。"

"你想怎么样？"

"我希望你们将时间放宽一点，过几天再来，或许那时老人的身体已经恢复，搬迁起来也方便。"

"恐怕不行，我也是执行上级命令。事不完成，无法交差。这你应该明白。"

"当然明白。但不可以通融一下吗？"

制服群里有人按捺不住，大声说道："别讲太多废话，按命令行动！"

一声既出，众声纷纷响应："就是，规划好的进程不许改变。""协议书都签好，不能出尔反尔。""我们现在不是强拆，早就定好时间的嘛。"……

七嘴八舌炸开锅，他们说得有道理，也是据理力争。

羽绒服举起右手，做一个往下压的动作，对大家说："静一下。"

他的声音依然不是很大，但效果极好。大家立即安静下来。他转身，对K说："你看，我们是秉公执法，我们是国家行动的工具，没有命令，我们不能自作主张，也不敢自作主张。"

面对众人，K开始慌张。他单独一人被大家团团围住，不免显得形单影只。他说："你们想想，一位孤苦伶仃的老人，身体不好，被你们一折腾，万一出事怎么办？"

"不会的，我们备有专用救护车。保证不让老人出事。"

"总之，不行！"K加大声音，意思明确。

"先生，我们是按照规章办事，无计可施。"

羽绒服话刚说完，制服群马上充满火气，排列队伍，准备破门。K用身体抵挡房门，奈何区区一人，招架不住。他被制服群紧紧压着，动弹不得。这下可好，K瞬时怒气冲天，迅速从工装裤掏出螺丝刀，左右手臂双管齐下，胡乱挥舞一通。他吼道："你们讲讲道理呀！"

螺丝刀伤到两位制服人员的手臂，鲜血潺潺而流。拆迁队伍见状，更加紧张，明白情况不好应付。他们掏出警棒，与K对峙。K处于劣势，被逼到墙角。没等做出反抗，众人神速抓住他的双手，扣押顶上墙壁。K就像老虎嘴里的小麻雀，可怜兮兮。

"嘭"的一声，房门打开。

米莉走出来。她双眼通红，脸颊残留泪痕，对着制服群怒诉："你们谁也别想碰我奶奶一下！"声音之大，足以震住大家，不过也只是一会儿。

不多久，制服群以同样的手法将米莉顶到墙上。她号啕大哭，发出撕心裂肺的嘶吼："你们设身处地考虑一下好吗？"

众人再一次被她震住。

"我奶奶真的病到不行了，让她好好待在屋里，安静一段时间有什么不可以？邻居们也都在这里，你们是经常和我奶奶碰面的，不久之前她还会与你们讨论天气和菜价，现在却不省人事躺在床上，还要承受搬迁的劳累。假如你们亲人遭到同样的不公，你们该怎么办？"米莉越哭越厉害。

在场的邻居被米莉的煽情打动，无不为之动容。

"你们难道不能给我这小女子一次声援吗？"米莉问。

邻居们有的眼角湿润，有的摩拳擦掌。一人说："拆迁让人生活更好，可你们拆迁队却在伤害这位手无寸铁的女子及其家人！"

正义的声音总是充满能量，很快就感染群众。普普通通的邻居发出他们的声音：

"停下来吧！老人需要安静！"

"行行好，停下你们罪恶的行动吧！"

"你们服务的对象是居民，不能干出伤天害理的事情！"

群众的议论纷纷就是一把绽放光芒的利剑，利剑一出，所向披靡，拆迁队的防线溃不成军。制服群面面相觑，不知如何是好。K、米莉两人与制服群的对峙，已转变成居民群与制服群的对峙，现场气氛愈加散发出火药味。双发僵持着，时间久了，顺势挨着走廊坐下来。

羽绒服碰到的问题比较棘手，得罪领导不行，得罪民众也不好。他掏出手机，拨通上级的电话。

K忽然想到，自己不是有一个在建筑公司当领导的哥哥吗？他也立马掏出手机，呼叫救星。

没过多久，制服群的上级领导出现。他探着脑袋，穿行在狭长的走廊里，从人山人海的外围挤进内部。制服群见到领导，立马从地板上弹起来，列好阵式，热烈欢迎。

"J经理好。"羽绒服高声叫起来。制服群应声而叫，整齐划一："J经理好。"

领导点头，挨近羽绒服。

K看也不敢看，心想，前来的领导是一位经理，看来事情也确实闹得有点大了，居然连经理也被派遣到拆迁现场。

等等，经理叫什么名字？J，经理的名字叫J！K的脑门被灌入阳光，整个人从昏昏欲睡中清醒过来。K仰起头，寻找那位叫J的经理。没错！经理正是K的哥哥。J就是K的哥哥。

K急忙站起来，对领导说："哥，是我。"

"我知道。"J说。他对弟弟没有过多留意，对于事态，似乎一切尽在掌控中。这样也没什么不好，J的话就是定心丸，K听完，安静下来。

此时，J看见米莉。后者低头端坐在墙角里，没有在乎前者的到来。反倒是J显得紧张而惊喜。他脸上挂着牵强的微笑，一副对米莉的现身难以置信的表情，一会儿看看K，一会儿看看米莉。

J说："米莉！是你吗？"

米莉如梦初醒，站起来，发现大家目不转睛地看着自己。她睡眼惺忪，说："怎么？"

"米莉，是我，我是J。"J确定面前的女子是米莉，更加高兴。

米莉的表情由平静转入惊愕，然后再由惊愕转入欢喜。她的心情应该和J的一样，双手摆来弄去，不知放在哪里，最后慌张插进裤兜，说："怎么是你？"

"是我，我是J。好久不见。"

"好久不见。"

后来发生的事情，就像派对上饭后甜点时间里发生的事情一样，气氛轻松，谈吐随和。K从J与米莉的对话里听出来：J是米莉的初恋男友！

十二

K真的不敢相信，多年没有联系的两个人就这样邂逅了。

J与米莉独处，聊了很久。

接下来，关于房子搬迁的事情，也很好解决。对立双方都没开口商量。J将制服群疏散，答应把拆迁时间往后推。其实，大家都理解，这也是再好不过的结局。拆迁队散去，围观的群众也各自回到自己的家里。

J、K、米莉、薇薇、祖母，五个人欢聚在一起，共进晚餐，和谐得如同一个幸福的家庭。晚餐丰富，是米莉与祖母一起吃的晚饭里从来没有过的。而此时的祖母，已经病得奄奄一息。米莉一羹匙一羹匙地喂她，到底也没吞下多少。

事发突然。

晚饭过后，太阳渐渐没入西方。反射镜里透进的光线由一束变成一丝，再由一丝变成没有。在电视里的欢声笑语昭示开始进入肥皂剧黄金时间时，祖母咽下最后一口气，离开了这座未来之城。

米莉哭得梨花带雨，哭到最后，声音也发不出来，只剩一只张得比脑袋还大的嘴，夸张而变形。

在殡葬馆，K见到了艾伦。显然，是米莉打电话给艾伦，叫他回来的。K与艾伦之前就见过面，也有过交流，但此刻他们并不会和上次见面时一样。那时，彼此会说："嘿！我们又见面了。"现实却是，艾伦点点头，算是打招呼，而K也只是点点头。米莉察觉出端倪，问道："你们认识？"

"不，不认识。"两个男人同时回答。

葬礼充盈着严肃与压抑，五个人几乎没有交流的机会。薇薇见到艾伦，连一声爸爸也没有叫出口，只用两只泪眼失神地看着父亲。

时间结成一团无法消散的冰块。五个人的相聚好像冥冥中注定一样。

K之前不知道哥哥是米莉的初恋情人，也不知道哥哥所说妨碍拆迁的老人是米莉祖母；米莉之前不知道K是初恋情人的弟弟，现在不知道艾伦与 K 已经认识；J 之前不知道自己所说妨碍拆迁的老人是米莉祖母，现在不知道 K 和米莉有过缠绵，也不知道艾伦与 K 已经认识；艾伦从之前到现在什么都不知道，他不知道 J 是米莉的初恋情人，不知道 K 和米莉有过缠绵，也不知道 J 帮助拖延了祖母房子被拆迁的时间，当然也不知道 J 与 K 是两兄弟，不知道他们两兄弟为什么出现，不知道他们两兄弟出现在这里干什么；薇薇更是不知道大人莫名其妙的世界。

他们各怀心思，来不及问清彼此关系。

从殡葬馆出来，夜已经很深。因为一个老人的去世而集合在一起的五个人兵分两路，解散开来。米莉、艾伦、薇薇走在一起，走在回家的路上。J、K 走在一起，也走在回家的路上。他们各自打过招呼，各走各路。

这是一个燥热不安的夜晚，对于初冬而言实在是过于温暖了。路上的行人很少，行色匆匆。路灯散发着温柔的光芒，如同法式蛋糕的香味。动车或许是最后一班了，女人们跑起来，长发飘荡在冰凉的空气里，男人跑起来，靴子敲着石板"踢踏"响。街口有一个老男人还在用绳索牵着他的宝贝狗散步，而那狗调皮得不得了。狗往左边蹿，他就往左走，狗往右边跳，他就往右踱，狗要过马路，他就陪着拐进大胡同。天上挂着一轮明月，圆圆滑滑，从云层里浮上来。宁静的天空，星星少许，如果天空是一面大镜子，那镜子的另一面是什么呢？

K 想起那天在中心广场上遇见的清洁工。清洁工说过，镜子的另一面是另一面的镜子。答案是不无道理的。如果有另一面的镜子存在，那里将有另一种生活。镜子的另一面映射出别样的人生，K 不是 K，K 是 J，K 是艾伦，K 是米莉，K 是米莉祖母，K 是其他人。在那里，每个人可以过上不同于现在的生活，K 也不例外。在那里，他会喜欢春天，远离派对，种植花草，参加家庭聚餐，放弃通信设备，设计舒适的衣服，用笔记录日常生活，坐在长途动车里看《唐顿庄园》，亲自来到菜市场挑选完好的材料……

想着，K 低下头。

J 看了 K 一眼，什么都没说。

不知所谓

张三梅的课桌上贴着一幅八开大的世界地图，每天一上课，他就只盯着上面幻想环游世界。

今天的张三梅同学一如往常：蓬头垢面，看起来像很久没洗了，眉毛稀稀疏疏不比胡须长，眼袋肿得黝黑黝黑，神情呆滞如同断腿的流浪狗，全身皮肤也粗糙得像筛子。他背着一个浅蓝色的书包，鼓鼓胀胀的，放着许多稀奇古怪的书籍，与此同时，里面还放有印着世界各地旅游景点的明信片。他穿的校服污浊，鞋子破旧。当他低头走进教室时，大家都明显感觉到，张三梅同学非常忧郁——似乎与他那沉重的书包连为一体。

张三梅同学的眼睛一如既往地不注意走路，却可以很迅速地找到自己的座位。

他安静地坐下来，安置好书包，不急不躁，然后开始自己的幻想世界之旅。与享受百年孤独的布恩迪亚一样，张三梅足不出户就能在陌生的海洋中航行。他沐浴着阳光，一会儿清洗自己珍爱的钢铁轮船，一会儿考察荒无人烟的土地，一会儿跟珍禽异兽打上交道，聊聊各自的孩子和未来。

他打心里感激造物主的恩典，让人类真切感受着世间的美好。世界之旅如此激情澎湃，每一天的行程，都是一个新地方。从马六甲海峡到亚丁湾，从苏伊士运河到布罗陀海，从墨西哥海岸到温哥华，所到之处，无一不令他精神抖擞。旅行的行程安排看似杂乱无章，实质有其规律：从星期一到星期天，七天七大洲（高三补课，没有一天放假）；语文数学英语政治历史地理物理化学生物，分别代表不同探险模式；上课、自习、考试各种生活状态意味着不同的旅游天气。

怀着对旅行的满腔投入，张三梅的言行举止从来都是虔诚不已——他的认真是同龄人不可匹敌的——每天开始航行前，他会将头扑在地图上（虽然和其他在课堂上睡觉的同学动作一模一样），为航行做准备。彼时，他头脑运转快速，总结经验，统计昨天远洋的距离，明确当下的经纬坐标，算计好粮食与饮用水。他深谙一句话：机会只留给有准备的人。所以他的准备工作一丝不苟，每天都是专心致志。久而久之，准备工作反倒是一种例行公事。

张三梅也是这么觉得：准备工作是例行公事。然后，他就想起校长。校长从来不喜欢张三梅这样郁郁寡欢默默无闻的学生，所以张三梅也不喜欢校长。每一次开会前，校长的例行公事就是进行一番天花乱坠的阿谀奉承，停下来喝一口茶，然后梳一下被风吹散的头发，接着就是挖掘文物似的翻出学校的前身，赞颂多年来的辉煌成就——其实就是一堆破铜烂铁的历史。想到这里，张三梅就开始回忆自己的过去。

回顾一下历史也是很有必要的，展望未来嘛。

一九九三年，张三梅他妈，也就是张妈，有一个宏伟的愿望：聚集全国人民的腰带，为将要出生的孩子编一个摇篮。理想的可行性冲动了张妈，她没有半点犹豫，挤上北上的汽车。彼时，张妈的另一半，也就是张爸，毫不知情。

一切都在恍惚之间发生。

五个月后的一个夜晚，张妈拖着疲惫的身躯、奇形怪状的摇篮和面条一样的儿子出现在家乡，造成爆炸性新闻。气急败坏的张爸一巴掌扣在妻子的脸上，喘着粗气询问，为什么跑到北京去？张妈也喘着粗气，说，看着汽车在路上跑，石油跟着耗，怪可惜的，说不准以后有一个国家为了石油，将另一个国家砸得支离破碎呀，白白看着石油浪费，而自己无所作为，我岂不是历史罪人？张妈解析得有头有尾，一口气下来，喘得更厉害。另外，聪明人当场就发现，张妈的句尾还来了一个反问。确实道理极是呀！虽然她隐瞒了用腰带织摇篮的愿望。张爸很快理解了妻子的用心良苦，真心不想让家人成为历史罪人，不由为自己打人的那一巴掌懊悔起来。他一把抱住五个月没见过的妻子，在从没见过的儿子的额头上亲一口，然后拉着母子俩回屋，开始新的生活。当然，这些都是后话了。

当时，张妈挤上罐头鱼似的汽车，还没站到首都的土地上，张三梅就被从肚子里挤了出来。张妈紧张得满头大汗，也没考虑疼痛与否。车厢内

心怀理想的人们目不转睛地看着分娩过程，不知所措。还好，有一位湖南妹子当过实习护士。她脱下外套让张妈咬住，半生不熟地掰开张妈的大腿，协助张三梅的到来。车上的人除了看热闹，更多的人却选择议论纷纷：人不是在该出生的时候出生的，而是在能出生的时候出生的。张妈自觉文化素养也高，但没理顺这句话的应用对象是自己，还是正在出生的儿子。她感到万分愧疚。她一边思考，一边分娩，晕了过去。

张妈清醒过来的时候，人已睡在首都街头。她认真地端详自己的儿子，嘴上有说不出的欢喜。儿子满眼精灵，不停扫射着这座古老的京城。张妈观察没多久，想起了什么，遂将乳头塞到儿子嘴里。看着儿子这小贱货，吃奶的时候，可爱极了。很快，张妈也开始肚子打鼓，饿了。于是，她准备掏钱买个馒头来咬。

张妈摸呀摸，可怕的是，她裤袋里装着的五块钱早已不翼而飞，不见踪影。生个孩子，裤子都穿反，裤子里的钱不见也不是稀奇事。她静下心来，面对车水马龙，思考起来。

首先，得给儿子弄个摇篮，计划是在公车上收集腰带的，但是一条也没到手；其次，得给儿子取个名字，父亲不在身边，有姓无名，整天叫着小贱货小贱货也不是办法。什么名字好呢？爹没有，钱没有，摇篮也没有，三没，叫"三没"吧，"三没"忒俗，换个字形怎么样？"三梅"，"张三梅"？对，就是"张三梅"！

取名字的过程快速而高效，与来首都的过程有一比，张妈不禁笑出声来。张三梅见母亲笑，自己也笑，这种笑傲慢而狂浪，像是胸有成竹，对长大以后环游世界的梦想也有十分把握。

多年以后，张三梅对自己的名字是十分介意的。中文组合出来的姓名，多姿多彩，为什么我的就偏偏是这三个字呢？他多么想自己的名字是独特的，是文采飞扬的，是优雅深沉的，深沉到别人一听就可以淹死其中。可偏偏就是"张三梅"！张三梅有时候也会倒过来想想：还好我的姓名不是张三呀！若取名为张三，此生必是悲惨而过。这样，也没什么好埋怨的了。

自从张妈回到家乡后，张妈想起当年在首都丢失的五块钱，也不觉得怜惜了。因为家庭逐渐富裕起来，她的裤袋里装着不知多少张百元大钞，早已对五元不感兴趣了。

张三梅逐渐成人。在矛盾相随的成长过程中，张妈时常跟儿子讲起当年的历史，例如，每一条腰带是怎样收集的，每一顿饭是怎样填饱肚子的，每一步路是怎样使她从北京回到家乡的。张妈教育儿子：人不应该在夹缝中求生存，应该生活在别处。耳濡目染，张三梅立下人生第一个志愿——环游世界。

就是这样，强烈的生活目标指导日常行为，张三梅在课桌上贴了一幅八开大的世界地图。

从出生到读高三，张三梅的人生大概就是这么个经历。很多时候，他是没有记忆的，能想起来的历史大多经过父母添油加醋描绘过一把。唯一可以确定的是，从一九九三年开始，他就脱离了母亲的子宫。他觉得历史荒谬至极，却又实实在在是自己的曾经，他想，真正荒诞的可能是他的未来。

一大清早，张三梅同学来到教室，先是例行公事做好航行的准备，接着想起校长，最后忆起自己的历史。他趴在课桌上，思绪早已天马行空，灵魂飘荡在云端。待想法在脑间顺过一遍后，他挺直腰板，立了起来。

老师还没到，课还没上，所以他还不可以开始航行。

百无聊赖之时，张三梅随口说出这样一句话：经济基础决定上层建筑，上层建筑一定要适合经济基础状况。

我怎么得来如此高难度的经验规律呢？张三梅惊讶不已。他暗暗佩服自己——我竟拥有世界上顶级思维的头脑。

他一拍大腿，"嘭"的一声。他将随口说出的话应用在自己航行的事业上，得出如下结论：幻想环游世界确实不切实际，好歹得有点经济基础吧！

于是，张三梅又扑倒在课桌上，开始寻找经济基础。

和航行一样，寻找经济基础，其实也是幻想：张三梅会在校门口捡到一枚一块钱的硬币；出来学校往东走，他会在派出所门口碰到一群歹徒，歹徒劫完派出所，丢给他一枚硬币，说是掩口费；然后，他往北走上天桥，卖菜的阿婆会递给他一枚硬币，夸耀他不乱穿马路值得表扬；再然后，他下来天桥走近商场，派传单的年轻女孩会发给他一枚硬币，叫他有时间的话，到里面吹吹空调……总之，张三梅不是刚好在捡硬币，就是在去捡硬币的路上。

反正，没有一定经济基础，张三梅是不会开始航行的。等到幻想一节课后，他就应该是一位富可敌国的富翁了，到那时候，自然可以开始环游世界。

张三梅才幻想一会儿，上课铃声响起。

按以往惯例，老师走进教室那刻，张三梅轮船上的发动机一般都会响起，但今天不同，他还没有足够的钱用来开销。所以，他做出一个艰难的决定：第一节课用来收集硬币，第二节课再开始环游世界。

于是，张三梅再次扑倒在课桌上，开始建立经济基础。

一堂课过去多时，当张三梅幻想到自己拉屎拉出一枚硬币时，他的头被硬物砸了一下。"哐当"一声，硬物随即跌落在瓷砖地板上，噼里啪啦原地打圈。竟然是硬币！

原来是数学老师惹的祸。

教数学的老头年纪较长，手脚不利索，用硬币给同学们讲解概率实验抛硬币统计正反面时，失手了。硬币毫不留情，正好落在张三梅的头上。大家屏住呼吸，想象张三梅同学的疼痛，惶惶不安。其实，对于张三梅而言，这枚一块钱硬币是一笔横财，他高兴还来不及呢，疼痛哪里还顾得上。他俯身捡拾，顺手将硬币塞到裤袋里。他的动作行云流水，像没有彩排的话剧。顿时，大家唏嘘不已。数学老头想开口，但又不知道怎么开口，他向来不敢对课堂上趴着的学生出声，只好忍气吞声，拿出另一个硬币，继续实验。相比较之下，张三梅一直亢奋欢乐，没有看一眼冷脸的老师。

张三梅没有咒骂老师，他一直在心里感谢不停。感谢完后，他开始应用公式计算自己被一枚陌生硬币砸到的概率：首先，全班有五十四个人，然后老师兜里有五枚硬币，而每一枚硬币都有正反两面，何况听说这是老师从教三十多年以来第一次实验失手，外加空气对自由落体的阻力，算上环境的相对湿度，至于老师眼睛镜片的厚度暂且忽略不计。不经计算不知道，一经计算吓一跳，得出的系数小得可怜。也就是说，发生概率很小的事情发生了，根据小概率原理，得出结论：张三梅是一个足够幸运的人！

所以，靠捡硬币变成富翁，继而环游世界的梦想，对于一个如此幸运的人，完全具有可行性。

梦想就在眼前！

得到一枚硬币的张三梅异常高兴，少有的微笑出现在脸上。可惜笑不了多久，麻烦就找上门来。

下课后，坐在前排的小 A 走到后排张三梅的座位旁。

小 A 是数学课代表，她的到来，是受数学老头的派遣，前来试图取回丢失的硬币。

小 A 身上的校服比张三梅身上的要合身，小 A 当然就比张三梅好看。她的出现，于张三梅而言，悄无声息。她显得有点紧张，倒吸着冷气，吞吞吐吐对阉鸡一样的张三梅说："张三梅同学，请你归还老师的硬币！"

这是命令吗？还是恳求？小 A 命令我，说明她与我亲密无间；小 A 恳求我，说明她对我坦诚相待。张三梅觉得这句话真好听，而说这句话的人更是漂亮得不得了，前者像美妙的乐曲，后者像演奏曲目的仙女。他睁开惺忪的双眼，直愣愣盯住小 A。这一看，让张三梅惊住，久久不能平静。因为他僵住了，完全不知道下一秒会发生什么事情。在这个异性相望几眼就以为对方爱上自己的年龄，能平静吗？张三梅绝对不能，也不想平静。

张三梅比小 A 还支支吾吾，实在挤不出半句话。

小 A 的眼睛真漂亮，如同凡·高笔下熊熊燃烧的向日葵，让张三梅热血沸腾。张三梅血脉贲张，想起一句话：这世间最美好的爱情是我们彼此对视，忘却尘嚣的落寞，直至山无棱江水为竭。然后他肚子一凉，咕噜咕噜，汗毛耸立起来。他要拉屎。他知道，这都是遗传他妈，一紧张就拉肚子。

张三梅慌慌张张离开教室，没有和小 A 对上半句话。

直奔厕所后的张三梅蹲坐在马桶上，脑袋一片混沌，他想的已经不是随屎而出的硬币，他想的是小 A。是呀！亲爱的小 A！让你那猛烈燃烧的向日葵将我变成灰烬吧！

张三梅一边幻想着被小 A 燃烧，一边拉屎，很快就解决了凉肚子。

完事后，张三梅站起来，发现手上沾有一点排泄物。下意识地，他将手一甩。没想到食指却撞上墙角，他疼痛得哎哟哟直叫。随即，他将手指伸到嘴里。这下不好！排泄物直接弄到嘴里了，呸呸呸，他又急忙吐口水。口水吐了不少，很快地，他发现自己口渴难耐，立马打开水龙头，大口大口喝起来。

张三梅和其他同学不一样，他从来不带水杯来学校，或者说，其他同学都是傻瓜，厕所本来就有水，还费劲带什么水？口渴的时候，张三梅一般直接拧开水龙头，对着自来水就喝。

和自己一样的学生毕竟太少了，张三梅不禁开始心酸。

关于学校的自来水，其实还有更多的故事。

一个月前，一位喝自来水的学生出现中毒迹象。经过专家的仔细研究分析，最终将中毒的罪恶源头挖掘出来——自来水中含有过多的皮鞋胶体。

提供自来水的那家公司经营规模不算大，一直以质量保障出名，恰是由此，该公司的客户几乎覆盖所有教育单位。百年大业，教育为先，大家都清楚后代的健康问题不容忽视。千不该万不该，问题终于降临。自来水公司的一名员工不慎遗失一只皮鞋，由于没有认真寻找，最后不了了之。没想到东窗事发，遗失的皮鞋泡在出水池里，分解出数不胜数的工业明胶。直至中毒事件的发生。

自来水中毒的学生和张三梅来自同一所学校，也和张三梅同一个班，没错，如张三梅所愿，就是小A同学。当他得知这个消息的时候，即欢喜又悲伤。欢喜的是，原来还有与我一样喝自来水的同学，还是我的女神小A；悲伤的是，不清楚小A的身体怎么样，出了大事万万不妙！

小A同学自中毒后，不再出现在校园，学校官方的交代是：留院观察。小A留院观察的一个月期间，张三梅只见过她一次，是在电视上。小A的身体状况并不像校长说得那么好，至少从外形上看起来不好。那时候的小A精神萎靡，眼睛毫无聚焦点，脑袋肿胀得和皮球一样。一位面黄肌瘦的记者问她："你觉得社会对得起你吗？"

小A没有颜色的脸蛋突然红润起来，人也精神不少，微笑着回答："我的病和社会没关系。我只是一个小人物，希望大家以此事为鉴，以我个人的牺牲，换取社会更多的美好。"

接受完采访后，小A低调地转身离开镜头。记者眼睛泛红，用赞颂的口吻对小A夸耀一番。采访通过卫星信号，传播到世界各地，传播到家家户户的电视机前。就是从这一刻起，张三梅喜欢上了小A。

他觉得小A那小小的身躯里装着一个伟大的灵魂。

另外，经过新闻媒体的报道，社会舆论对自来水中毒事件的发展起到至关重要的作用。校方为得到公正的解释以及保障学生的身心健康，向自来水公司提出赔偿。自来水公司见责任不好推脱，不但积极解决众多学生的饮水问题，还为学校无偿供应一年加入牛奶的自来水。这样，全校师生开始感激小A的牺牲，都说下一年的三好学生称号应该留给她。

张三梅喝了一个多月牛奶自来水后，小A回到学校。张三梅变得神清气爽。神清气爽的张三梅无时无刻不想着小A，小A逐渐恢复健康，人也越来越漂亮。他在心里默默制订计划：将来的环游世界，务必在轮船上装着提供牛奶自来水的水管，邀请小A同游。

想起小A与自己一样喝自来水，想起小A那熊熊燃烧的向日葵，想起小A在自己轮船上环游世界，张三梅慢慢地不心酸了。

张三梅从厕所出来，回到教室，因为低头寻思环游计划，一直没留意周围的嬉笑，更不会知晓这些嬉笑针对自己。刚一坐下就明白了。黑板上用粉笔写着一行字："张三梅和小A环游世界，释迦牟尼也羡慕。"

其实，张三梅是高兴的，巴不得这句话立马实现，但他再清楚不过，越是在乎的事情越得装作不在乎，这是帅哥定律。然而，小A却害羞不已，脸朝下，趴在桌子上，像是哭泣。她在哭泣吗？

我怎么可以这么不作为？张三梅心想。

张三梅气沉丹田，健步一跃，一脚踏在半幅世界地图上。他腾空而起，原来很白现在很灰的校服随着身轻如燕的躯体飘过讲桌，手臂一扫，黑板擦鬼使神差出现在手掌中；再一个两腿跨越，飞檐走壁，气流汇合，腾空扫射，黑板上的字迹无影无踪；再一运气，双脚落地，粉笔灰纷纷扬扬；立定后，一甩引以为豪的头发，在刚才发功气场的衬托下，真是帅呆了。

张三梅就是这么幻想的。

刚一幻想完，值日生也刚好将黑板擦得一干二净。至于那行让他产生幻想的粉笔字，张三梅也不敢确定是否存在过。说不准，那也是自己心里面的一个想象呢。反倒是字里的内容成为他的渴望，在他心中，与小A归隐轮船悠然见海岸的想法愈加强烈。

上课铃声响起，按计划，张三梅应该开始今天的航行之旅了，可是他

第二辑　不知所谓

实在没有心情。他敏感，他幽怨，他多变，他不知道自己在想什么，他也不知道自己该干什么。他从书包里拿出一本书，汤姆逊的《索福尼斯巴》，翻到第五幕第二场："我们何苦要扼杀爱情这灵性中的上品，它辅助英雄成事，使抱负升华，鼓舞不朽的业绩，甚至还能软化残忍的人，给美德增添光辉……"

啊！张三梅受到爱情的鼓舞，决定找一个机会把硬币还给小 A。

可是，课堂上的时间缓慢悠长，怎么等待也是徒增心急。

好不容易熬到下课，张三梅又做出一个至关重要的决定——跟踪小 A。老师还在讲桌上滔滔不绝，张三梅早已做好下课的准备，课本书包作业本被收拾得妥妥当当，腰板竖得比老师的三角尺还直。他左顾右盼，不知如何度日，恨不得将时间掰成碎片吃进肚子，消灭得彻彻底底。

皇天不负有心人呀，铃声响起，终于下课了。

张三梅一直留意着小 A。小 A 不慌不忙，收拾好一切，头也不回地走出教室。张三梅心里一咯噔，料想小 A 是不会前来讨要硬币的了，不由得失望起来。

小 A 背一个斜肩包，翘着马尾辫，如同一朵鲜艳张扬的花儿，绽放在人山人海的车水马龙中。张三梅尾随小 A 经过学校门口，经过派出所，经过天桥，经过商场。悲哀的是，他连一枚硬币也没有捡到。于是，他开始在心里一边感慨一边咒骂，小概率原理是什么破玩意！都是骗学生买教科书用的！

就在张三梅与小概率原理较劲的时候，小 A 已经过去马路的另一边。她走近蛋糕店门口，向卧睡的乞丐递了一枚硬币。乞丐口中喃喃自语，像是对小 A 说感激。小 A 则冲他频频微笑。张三梅看在眼里不爽在心里：第一，就这么一位普普通通的邋邋遢遢的老人，凭什么得到女神的笑脸；第二，小 A 宁愿给乞丐硬币，也不愿给我张三梅硬币，又凭什么。

综上所述，成为富翁的梦想，肯定是乞丐比他先实现的。而环游世界的计划，肯定也是乞丐比他先实现的。

张三梅打心眼里鄙视乞丐老头，然后走上前去，在裤袋里鼓捣一阵，掏出数学老师的一枚一块钱硬币，"哐当"砸在乞丐的饭钵上。其实这种心理很好理解，张三梅是跟踪小 A 的，行为上也可以跟踪小 A。再说，张三梅裤袋里的硬币也不是自己的，是数学老师的，严格来说是小 A 的。既然小 A 愿意将硬币交给乞丐，张三梅也应该将硬币交给乞丐，算是还清拖欠小 A 的。只是刚才"哐当"一声，如同平地一声雷，怔住来来往往的行人。乞丐也吓坏了。路人立刻投来异样的眼光，就和当年母亲在公车上分娩儿子时状况一样，张三梅见势，低头脸红起来。

众人围观事小，害羞一会儿就过去，张三梅万万没有想到，小 A 竟也转过头来看到他。事实摆在眼前：张三梅的跟踪以失败告终。十米开外的小 A 诧异不已，像根木头，显然对张三梅的出现理解不了。

张三梅的境况更加窘迫，他想向小 A 解释什么，但却不知道解释什么，用什么解释。

张三梅头脑一热，这是紧张的反应，奇怪的是这次紧张没有想拉屎的念头，而是慌张地朝小 A 跑去，张牙舞爪地。

小 A 还没有来得及想明白这位神经兮兮的同学出现的原因，就被眼前如狼似虎的狂扑行为吓到，快步跑起来。

这座小城市有着外表光鲜的繁华，也有着败絮其中的孤独，张三梅曾多次在日记里埋怨它杂乱无章的规划、残缺不堪的建设、后劲不足的维护。但他依然爱着这座城市，因为他的爱人生活在此，他也生活在此。

他一路小跑，随着小 A 飞扬在城市里。

今天，他的爱人急步迈在城市的交通枢纽上，而他却跟着她的踪迹随波逐流。他觉得自己可笑，但找不出笑点，不由得伤心起来。

张三梅随小 A 经过一条条小巷，经过一间间士多店，经过一个个十字路口，他的心渴望着小 A 的眷顾，他的灵魂盼求着小 A 的涤荡，他的身体一直不能克制对小 A 的想象。他觉得自己快要爆炸了。既然小 A 早已发现我的跟踪，我又何必躲躲藏藏？她对我的冷漠不正是因为我的不作为吗？我应该对她有所表示的！张三梅心里一狠，很快就跟上小 A。

还差几十米。

还差十几米。

还差几米。

疾风迅雷的事情忽然发生，几米开外的小 A 被几个青年流氓伸手拦住。

流氓有五个，他们五颜六色的头发样式各异，穿着坑坑洼洼的衣服流里流气，手臂上绣着黝黑的文身，裸露出龙飞凤舞。

张三梅不害怕，倒是惊喜：原来生活在现今社会还是有机会英雄救美的，此英雄舍我其谁？他还是甩了甩引以为豪的头发，屁颠屁颠蹦到流氓面前，捏着兰花指清清嗓音，躬腰掬手，道："不才敢问几位公子，因何故光天化日之下欺负良家少女？"他实在不敢说小 A 是妇女。

五个流氓不知所措，面面相觑。

张三梅眼见对手如此窘迫，倍感优越，自知占据道德制高点，厉声吼道："安有王法？"

流氓中一个大哥模样的站出来，摸摸脑袋，觉得台词非常熟悉，对答道："我就是王法！"

张三梅听毕，感到意料之中却又情理之外，一时不知如何接话，立马将自己的姓名报上去："在下张三梅。"

大家一听，都哇哈哈大笑起来，除了小 A。她躲在流氓的后面，看着张三梅，脸色苍白。大哥模样的流氓笑得面红耳赤，笑后对张三梅说："真善美？"

张三梅点点头。

"你妈给你取名叫真善美？我就不信这世道有什么真善美！兄弟们，给我上！"

一声令下，众人一哄而上。

张三梅看过不少电视电影书籍，明白"给我上"后即将发生的事情。他深知历史的发展不以个人的意志而转移，遂表现出一个彻底的唯物主义者该有的无所畏惧的英雄气概。他以迅雷不及掩耳之势双手抱头躺在路边花圃上，做好挨打的准备。

张三梅双眼噙着泪花，仰望着小 A 那熊熊燃烧的向日葵，心想：小 A 一定会被感动得一塌糊涂，一定会跑过来和他睡在马路边和他天荒地老。于是，他就动天地泣鬼神地喊道："小 A！快跑！"

然后，小 A 真的义无反顾跑开了。

张三梅又想：小 A 一定会跑去报警，一定会带着警察回来惩治罪犯，一定会抱紧身负重伤的他对他说照顾他一辈子,当然也一定会陪他环游世界。

那肯定也是一个好结局。

可是，在他下半身被踢到毫无知觉后，小 A 依旧没有出现。张三梅在恍惚间，想起他那个详细的环游世界计划，也想起一段不知是否有关系好像是余华写在《活着》里面自己早已背得和计算公式一样滚瓜烂熟平时怎么想也想不起来而此刻莫名其妙想起的句子：人是为活着本身而活着，而不是为活着之外的任何事物活着。

其实，张三梅根本不知道，小 A 一直害怕他这位行为诡异的同学，流氓大哥也只是小 A 的哥哥，是小 A 叫过来接送小 A 而已。

另外，据目击者称：当天，根本就没有出现五个流氓，只见张三梅一人瞬时跌倒于地，不停抽搐。所以，张三梅同学根本没有挨打。

或许，和他的环游世界一样，所有的一切都是他根据内心需要，添油加醋幻想出来的罢了。

十二年后读大学

我是在一九九〇年出生的，现在是二〇〇〇年，我刚好十岁。十二年后，我读大学。为什么是十二年后？而不是十年后？这我也不清楚。十年后我二十岁，彼时身边所有曾经流鼻涕的屁孩都已经混高校了，而我却没有。我读大学的年纪要更推后两年，那时候，刚好二十二岁。

为什么是十二年后才读大学？好吧，我刻意用"感觉"来解析。

十二年后读大学，我肯定会遇上一个女孩子，她名字叫果子。然后，我们相爱了，眼神一经对视立马精神抖擞的那种相爱。她为什么喜欢我？我会问："我很帅吗？"她答："不！"我又问："我很可爱？"她答："不！"我再问："我很有能耐？"她答："不！"我还问："那到底因为什么？"她就是这么回答的："感觉！"

对！就是感觉。我感觉自己不可能顺风顺水随波逐流就考上大学，高中时代势必发生什么事，或好或坏，致使我上大学前已经读过五年高中。

这样，十二年后我才读大学。

K看不惯我的想象，按他的说法是："听腻了，耳朵都流油了！"

K是我弟，双胞胎弟弟。虽然我俩是事实的孖仔，但一点也不像，具体到哪处不像，在此不便明说，反正就是他比我帅。我比他难看的后果非常直接：我一个伙伴也没有，而他一声令下，谁敢偷村里大眼牛家的葡萄，谁就可以当他手下，响应者竟然数不胜数。都傻的，不就当个小弟吗，排起队来干吗。我骂他们傻，然后也排在队伍后面。毕竟通过弟弟，可以在他手下结识不少小恶棍，打起架来，还是有条件拉帮结派的。但K不同意，他眉头皱起来像村子后山的梯田，说："哥你滚蛋，你文绉绉白皙皙的，团队不要思想家。"

首先，我佩服他，居然知道有"思想家"这一词，怪不得有能力领导一群臭小子。其次，我不接受自己是思想家，只是偶尔想想十二年后大学生活罢了，说不上什么思想家。最后，他的话让我心碎。嫌弃我是吧？好，我偏跟着你们。

就在昨天，星期二。阳光那个灿烂，白云那个飘逸，空气那个新鲜，花朵那个绚丽，小草那个苍劲，随便在大自然中撒泡尿都觉得舒畅。K 的帮派几经商议，决定去偷东西。偷什么？总不能每次都是大眼哥牛的葡萄。偷建筑工地的水泥袋吧，卖给收破烂的两毛一个，大家可以每人分到一包或两包方便面。

说干就干。

K 说："哥你滚蛋，你文绉绉白皙皙的，团队不要思想家。"我就是不滚蛋，我要方便面。

我伤到脚恰是在任务执行中。我翻过半层楼高的红砖围墙，一跃而下，一根穿着三合板的生锈钉插进左脚板。大家惊慌失色，任务停止，都说一百包两百包方便面也补不回淌了一地的血啦！我想跑，但三合板却如同木屐一样贴着脚底，使我动弹不得。我真想跑，越想越不安，晕厥过去。

待我醒来，也即今天，星期三。

我摊在大厅的沙发床上，盖着薄被套，脸色应该难看得要死，因为我的左脚隐隐作痛。旁边放有棉花、小刀、午饭、水果、卫生纸、《七龙珠》、葡萄糖口服液，显然家长都已出去。K 坐右边，一副电影里看望病人的垂头丧气样子。我也想学电影里的对白：医生到底对你说了什么？然后用双手歇斯底里摇晃 K 的胳膊。可又不是电影。K 眼里充满慈爱与内疚，他用帮派大哥的身份来照看我这帮派小弟，又或者用事实小弟资格来料理我这个事实大哥。他说："哥你辛苦了，这个暑假都不可以下地，从今天开始，接着讲你的大学生活吧！"

K 吩咐我讲自己即将到来的大学生活，他没再叫我滚蛋！这钉子扎得真值！

"好吧，给哥削个苹果，我给你讲讲十二年后的大学。"

我的大学很有意思。这句话的内涵是，不仅我的大学校园很有意思，

连我的大学生活也很有意思。

果子听到我这话，白眼翻得似乒乓球："胡说八道，你的大学生活闷得像被火车撞死的驴。"显然，她的想法和我的思维不一致，自然是情侣发展过程中无法避免的。我说自己的大学生活不错，太主观。我的校园却是不赖，绝对客观，有机会来看看，我在食堂喂饱你，带你溜达一遍，绝对客观！

学校坐北朝南，九宫格样式分布，南面山清水秀，毫无疑问是教工宿舍区。校领导怕学生热闹喧哗影响大人物休息，因此，学生宿舍区安排在东边。一条紫荆校道划出一大片学生活动范围，与教工宿舍区遥遥相望，神奇的是，学校四个食堂全部包含于此。每逢上下课、周末节假日，人头涌动熙熙攘攘热闹非凡，和农村粪坑里翻腾的蛆一样。开学后的一连几个月，大师兄大师姐在紫荆校道上摆开桌子椅子，胸前吊着五颜六色的工作牌，脸上洋溢着天下兴亡匹夫有责的表情，社团协会团委青年网学生会自律委员会，嬉皮笑脸骗新生。

我的学校地处旅游城市，环境绿化得很好，吸一口气就是超标的负离子。校园南面是条河，叫南江，北面是座山，叫北岭。自然而然，鄙人大学在当地人口中是"南江大学"，简称"南大"；再自然而然，"北岭大学"简称"北大"。平时坐着两块钱的公交车瞎逛荡，被人搭讪，哪栋建筑的学生呀？北大的！煞有介事。

如我爸所愿，我很不平凡地考上一所很平凡的院校（花五年时间足见不平凡）。学校离家三小时车程，火车。我爱火车，哐嚓哐嚓，铁家伙如同熨斗似的将我的心脏烫平，平静安逸。我甚至盼望有朝一日，骑着这铁条跑遍神州大地，而自己也正是这样努力的。

我妈劝我在本地读书，我却不可能选择家乡的唯一一所高校。原因如下：一，玩腻了此大学，哪里女生多哪区女生丑我一清二楚；二，不安分，到不了的地方叫远方，远方总是很美好；三，也是最重要的，该校实在不怎么样，出去聚个会，说出来也觉丢脸，尽管我脸皮厚。为此，我妈咬牙切齿。这个女人想法实在，因为丈夫曾经的出轨悲痛欲绝，现在由于儿子的外出，伤心不已。她说，从来只有母亲牵挂子女，而他们从不了解我们的心！她说得很动情，我的眼泪都快决堤了。

但我还是要走，吞两碗白米饭，拽着票就蹦上去读大学的火车。

十二年后的套路还是如此狗血。

幸福生活从踏上火车那一小步开始，因为坐我右手边的是位同校同为新生的女孩。起初，看她的第一眼并不觉得好看。她父亲来送车，临发车前，仁慈的父亲对我千叮咛万嘱咐，同校的小伙帮我闺女一下哈，行李多了点。从小到大，我得到别人给的称呼不是"喂"就是"那谁"，现在被人叫小伙，不胜欢喜。我头点得厉害，嘴巴激动得有点哆嗦，"应该的应该的"。一路上，我和她一直沉默。不知道她是否装矜持，反正我是在装矜持。我要酷一点，开口就搭讪太平庸了，留不下什么好印象，还不如不吭声呢。你不言我也不语，偶尔偷瞄她几下，可惜她在看窗户。三个小时很快过去，我连"你吃饭了吗"这日常用语也没问上一句，心闷得慌，这女孩怎么越看越漂亮呢？

下车后，念及快到嘴的天鹅肉不翼而飞，痛定思痛。越是刻意不在乎，越觉火车上的女孩美妙绝伦。好吧，我承认这女孩在我心中留下了不可磨灭的烙印。既然她是逐渐上升的女神形象，我就称她为 Francesca Johnson 吧，多洋气，完全符合女神形象！

谁叫我连人家名字也不闻不问呢。

假若日后校园内邂逅 Francesca Johnson 三次，我必定开口向她要电话。

我没对果子讲过在火车上遇到 Francesca Johnson 的事，只要一开口，她势必是捏着我的耳朵将我提起来。老实说，我觉得果子就是个泼妇。当然，我也没老实到对她说出这事实。她说话前爱哼一声，眼神由远飘近，桀骜不驯。

"哼，你这个家伙！五年高中才考到这鸟不拉屎的地方，怎么不考个不同凡响的大学？噢！对了，我们都是平凡人，要不也不会来这不起眼的小学院！"

"还好啦，还好。"我的回答一般都很中庸。

我们都是平凡人，归罪于我们所处的庸俗环境？我就不觉得自己平凡，因为我甘于平凡。这种心理是多么特立独行啊！你有吗？没有。他有吗？没有。我有吗？有！你看我怎么平凡了？我花五年才考上的大学哩。

"哼，你这个家伙！有病。"

十二年后，台湾漫画家朱德庸出版最新作品《大家都有病》，非常畅销，一如他所有的漫画。《大家都有病》反映了十二年后的现实生活，很棒，

绘声绘色，睿智的言语让人捧腹开怀。我在街边的报刊亭翻了这本书很久，每天吃饱三餐，准时报到。卖报的是个老头，脑袋光得像灯泡，大框眼镜似乎随时会掉到地板上被狗踩烂。他对我极度厌烦，从没给过好眼色，但又拿捏不准作为客人的我哪天会询问价钱，只好忍气吞声。我翻书页大声的时候，他嘴嘟起来，哎哟哟地心疼。

大家都有病啊！

果子说，哼，你这个家伙才有病！

我倒不觉得，如果我有病，那赵老二肯定不健康。

赵老二本名不是赵老二，身份证上打的是赵乳鹏。赵老二同学有两个兄弟，他排第二，他不是老二谁是老二，家人都这么称呼他。无论是"罩乳膨"还是"赵老二"，我们室友一致指出这六个挨千刀的汉字严重损伤了咱寝室的颜面，不行不行，不如直接称"老二"来得爽快。此言一出，除老二外三人不约而同举双手赞成。赵老二从小到大听习惯了，也没什么感觉。

K还是没有搞懂果子、Francesca Johnson、老二是哪门子关系，睁着大眼睛，企图我可以给他说清楚一点。其实，我并不怪他，十二年后的大学生活来得如此仓促，而这样开始讲故事也显得过于混乱。还请见谅，且听我慢慢道来。

十二年后的大学，我对我们的英语老师产生了极大兴趣。虽说对她有兴趣，并不代表她有魅力。如前所述，英语老师没有魅力，她的课自然没有人要听。你没有魅力，我也不必竭尽全力去挖掘你的魅力吧，抱歉，我也不会听你的英语课。英语老师站在讲台上，如入无人之境，话语滔滔不绝似黄河泛滥一发不可收拾。到底有没有理会台下学生的感受，不得而知。谈过恋爱的人都知道，双方不理不睬久了就会发展成冷战。在我们班，英语老师与学生的关系基本上就是这个状态。在此说明，这个状态持续了好久好久，开学以后的好久好久。突然有一天，可能我们欺老师太甚，或者老师想改善一下师生关系，老师竟发起了火。

那天，教室里安静至极，非常适合睡觉。我当然不放过任何一个可以让身体舒适的机会，趴在桌子上，倒头大睡。好像做了梦，又好像没有做梦。正睡得欢畅淋漓之时，老二用手肘推醒我，口中惊喜万分："大哥醒醒，你看英语老娘发飙了！"

真有这回事？我也惊喜万分，双手抹一把面油，弹掉一坨眼屎，睡眼惺忪地一下子变得精神得不得了。

我一看，嘿，还真发火了。她具体是这副模样：面红耳赤，锅盖一样的发型像罩着一个红番茄；眼睛瞪得几乎掉出来，架在鼻梁上的厚镜片快要被愤怒的眼光震裂，眉毛如同两根筷子竖起来；鼻孔一张一息，喷出的空气应该温度烫人；嘴巴最是好看，上齿咬着下唇，战栗着。战栗久了，可能也累，于是破口大骂："有你们这样的大学生吗？作业都布置一星期了才交那么几份！"

我开始高兴了。因为上交的几份作业里，就有我的一份。你看，我还是像样的大学生吧。其实，未上英语课之前，我早已预料到老师发脾气的后果。所以，我抄也得把它给抄完成。昨天夜里，我忙到凌晨一点，皇天不负有心人，有志者事竟成呀，今天老师的表扬名单里就有我的大名，我能不高兴吗？

试想想，抄了一晚上的作业，真有成就感。另外，她生气的样子还是蛮可爱的。

那天的课上我头一次交英语作业，是英语老师头一次生气，是我头一次觉得上英语课开心。

我爱学习，不代表我能学习。我在教室，也不代表我在听课。我一般会挑最后一排的位置来坐，因为我是有想法的大学生。相比较之下，老二就挺没有想法的，虽然他现在坐我右手边。

一般坐前排的学生分两种：一是真正勤奋好学的，二是假装发愤图强的。我们寝室四人皆是后者，开学那段时间，像被打了鸡血，气势磅礴占位置，气吞万里如虎。日久见人心，渐渐地，大家热情减退，你不占我也不抢，位置坐到哪里是哪里。我则不一样，坐了一星期第一排后，发觉除了吃太多粉笔灰对人体不适外，认真听讲也是一件摧残身心的事情。

如今是信息时代，有成就的早已功成名就，埋头苦读的除了确实兴趣所在，就是找不到方向找不到出路的孩子。我是有想法的大学生，所以果断霸占最后一排。

起初，老二不乐意，口中念念有词，不要啦坐后面容易分神听不到老

师讲课对学习不利对不起父母对不起学费对不起住宿费对不起伙食费什么什么的。我一听，火从丹田冒出来，对他张口大喊："话真废，你爱怎么着就怎么着！"

反正日久见人心嘛，想你赵老二也不出我的料想范围。果然，不假时日，老二不再钟情第一排，随便找到位置就将屁股摊上去，只要不是第一排。所以说，他挑位置的眼光远不像他名字那样不同凡响。很长一段时间，老二坐的位置毫无特色，不前不后，完全是戈壁里的一粒沙海洋里的一滴水空气里的一团二氧化碳。一年下来，老师拿"罩乳膨"对学生的脸，怎么也对不上他。

再后来，老二干脆就不来上课了，上课也找不着教室在哪里，不如不上。说也奇怪，老师竟也没点过他的名字，真是"逍遥法外"。

今天很奇怪，老二居然来上课了，而且坐我右手边。很明显，这类行为表示：他愿意跟我混了。

没有发飙的英语老师一如既往没有什么特色，一节课下来，完全是个人的行为艺术。两节英语课，老二已经睡了一节，搞到我像被传染一样，脑袋迷蒙。老二不是双眼皮，现在却是了，他拼命抬起厚重的睫毛，对我说："大哥，好饿呀。"

我直接回复："我没钱。"

"谁找你要钱啦？我想下楼买点吃的。"

"告诉我干吗？你是我媳妇呀？"我反问道。

"没事，就问你要不要。"

"不要。"我总感觉今天的老二怪怪的。

"那我下去了哈。"老二学着偶像剧里让人呕吐的语调。

"不用向我交代的，二公子。"

老二跨过我的双腿，离开座位，蹦蹦跳跳出了教室门，向楼梯口迈去。怎么感觉他的背影有股妖气，不会是中邪了吧？说不准，又看上哪个女孩了？

上课前的两分钟，老二回到座位。他一转身，将我的课本撞落地板。我捡起书本，一边拍灰一边对他说：

"老二，你不要这么大大咧咧好不好？"

"没关系的，不大大咧咧算什么男人。"他的回答让我气不知道打哪里出，照他的理论，我就不算是男人了？还好，我对这家伙有足够的了解，也没小气到对小事念念不忘。

老二有点不好意思，拿起一包薯片，问我："要不要？"

"不用，你吃吧。"老实说，我都不敢看他布满痘痘的脸了，怎么还敢吃他的薯片。有时候，我很恶心地想：如果痘痘可以当饭吃，老二将自己脸上的痘痘刮下来，一定是一顿足够饱到打嗝的晚饭。

此时，老师开始上课，老二也开始进食。随着老师的催眠逐步进行，老二也很快将两包薯片一盒苏打饼一瓶牛奶消灭掉。饱暖思睡意，老二开始犯困，眼皮一直往下掉。他睁了一下眼睛，向我交代："有什么情况给个通知，我小睡一会儿。"

我理解他的状况，也明了他所谓的小睡，说："好的，好好休息。"

他像得到万人虔诚祝福的一城之主，对我点点头，"嘭"的一声，趴倒在课桌上。也不知道他头疼不，摔下去这么用力。

我心有仰望之意，老师真厉害，又倒一个。

无论不远多少里，我来到一座陌生城市读大学，学的却是一门不感兴趣的科目。我一直对计算机有着强烈的爱好，从小的梦想是当一个名扬四海的网络工程师，将信息技术带进家家户户，让现代公民过上幸福愉快的生活。可是，我现在却啃着这该死的化学化工。不能不说，生活太讽刺了。

这节课讲的是专业化学英语，可见英语的无所不能。原来什么专业都可以和英语挂上钩，只要将专业课本上的中文翻译成英文，试管、量筒、烧瓶、坩埚、玻璃棒、酒精灯、滴定管、吸液管、PH 指示剂都有对应的英文称谓。

英语老师依然作风不改，在讲台上保持着鲜明的个人先锋主义形象。台下伏倒一片，谓为壮观！不知道她对化学了解与否，也不知道她对英语了解与否（因为我对英语不了解，判断不出来），但我敢肯定，她对中文不了解，至少对普通话不了解。

上课到现在，她没说一句普通话让人听得懂。硅酸盐，彻底发声发成"龟仙人"。不听还好，可以像老二那样睡个天昏地暗或者翻一两本言情小说，一听则没完没了，伤耳朵不追究，让人走神却走得天马行空：

龟仙人不就是《七龙珠》里面那好色的老头吗？我读高四的时候，同

桌是葱头，他就非常喜欢《七龙珠》，他说他不喜欢《火影忍者》。《火影忍者》很棒呀，我弟弟K就喜欢得不得了，每周都追更新。每周我要做的事有很多，上上网，打打篮球，吹吹牛，空闲时还约几个同为流氓的好友去植物园偷摘杜果。植物园里的杜果少有人打理，所以很多会长虫子，长虫子的，我一般吃不下，顺手一丢，"噗通"一声扔进学校的小河。这条小河经常没水，也不知道里面的鱼死去哪里，居然连一个影子都没有。树的影子叫树荫，我们学校有很多树荫，走在里面，像走进阎王爷的阴曹地府。我不怕鬼，K非常怕鬼，所以我经常扮鬼吓他。K是当年的小大哥，所以经常欺负我，被欺负的我经常哭爹喊娘，祖母会抱着哭泣的我，别哭别哭哈。比我爱哭的还有很多人也有很多狗，我家就养过这样一条狗，吃饱闲着没事，就坐在大厅拉拢着脸，像谁欠它几百万似的。我很少借钱给别人，因为我没钱，有人来借，就算口袋有钱也说没钱，有钱还不如多买几根冰棒舔呢，干吗借人。我喜欢吃冰棒，塞在嘴里凉飕飕的，降低不少使人燥热的温度。今天天气很热，头顶的风扇貌似患了哮喘病，咳出来的风成团成团，真闷，还好今天来得够早，一马当先占据最后一排有风扇吹的位置，没处在风扇口的同学够辛苦的，汗流浃背地听着不会说普通话的老师用英语讲化学。唉，管她呢！咦，老师怎么还在讲龟仙人？龟仙人不就是《七龙珠》里面那好色的老头吗？我读高四的时候，同桌是葱头，他就非常喜欢《七龙珠》，他说他不喜欢《火影忍者》。《火影忍者》很棒呀……

"零零零零……"下课铃声响了。我的思绪藕断丝连，被铃声一刀两断。我猛地清醒过来，终于回到现实。看来，想象是一个好东西，虽然它没给我带来什么直接的经济利益，但它使我上课的时间好过很多。假如课堂没有了想象，那可是个悲剧，像我前面的同学，下课立马跳起来发出的感慨："唉，度日如年啊！"

我想，除了想象，混日子的利器就是老二正使用的"睡眠"啦。他前一秒还睡得不亦乐乎，天塌下来也无关紧要，听到下课铃声，马上像上了发条的弹簧，腰一挺，眼睛一转，说："走，回宿舍刷牙。"

老实说，下课铃声是最有用的起床闹铃。

从教室下来，我们四人走在无比妖媚的校道上。用妖媚来形容学校的道路，首先由伟哥提出来，后来我想一想，发觉还是挺有道理的。我们学校女生较多，阴盛阳衰，处处彰显艳丽之气。伟哥用的这个形容词，在我们对学校的深入认识过程中具有极其重要的不可代替的马克思历史唯物主义意义。

伟哥真名也不是叫伟哥，只不过名字里带有"伟"字而已。这个很正常，从小到大，身边的人，名字里带有"伟"字的哪个不是被称为伟哥？见怪不怪。

这倒好，我的室友不但有"老二"，还有"伟哥"。

伟哥是我的班长，也是我的室友，两个身份一结合，我发现美妙绝伦。起初，他立志竞选班长职位时，我们宿舍三人费劲九牛二虎之力帮其宣传拉票。寝室有一个班集体的大哥，对我们以后的生活有着十分大的好处。

我寻思多时，具体好处，详列如下：

一，不想上课，请假方便。

二，不想上课，逃课方便。

三，不小心被老师点名，可以找班长划掉。

四，想要班里哪个女生的 QQ 号码电话号码电子邮箱家庭住址父亲的名字母亲的名字，甚至生辰八字，班长手里都有。

五，利用职位之便，彻底搜刮校园信息。

其中，第五点尤为重要。举例说明：上星期四，学校向各个班长发布全校任选课网上选课时间。我们三人一把摁住伟哥，教唆他事先不要张扬，然后三下五除二，刷刷地就选上自己满意的课。待伟哥向全班同学宣布通知时，气氛那是相当恶劣，同学们有的为自己没选上喜欢的课鬼哭狼嚎，有的似乎面临家破人亡，刷新着龟速的校园网，欲哭无泪。

好在，先下手为强。

有便宜不占，非人本性也！

伟哥见我们如此疯狂，也不好说什么，毕竟朝廷的拥有权归属于公民，当政的只为老百姓服务而已。水能载舟亦能覆舟，伟哥对这一点理解得还是比较透彻的。

伟哥这人就是实在，谁需要帮忙，他就算不是举手之劳也竭尽全力满分服务。他好学、积极、向上、激情、善解人意、内敛沉稳、阳光明媚，最重要的，他还是标准帅哥一枚。

以上是我对伟哥的赞赏。当然，在我的观念里，赞赏就是对别人与我相似之处的委婉承认。

我们寝室还有一人，就是麦小达。麦小达家庭比较富裕，从小男女感情的发展自然比较丰盛。上大学以来，一直在校园外面租着房子，和小女友过着蜜月式的生活。至于宿舍，他有时候会在，有时候不会在，具体按什么规律回来，我也没有研究过。总之，在我大学生活期间，小达神出鬼没就出现神出鬼没就消失，也不足为奇。

我们四人走在上完英语课踏着豪迈步伐的路上，虽然特征明显，却毫不起眼。没办法，自以为是的四大佳人，得不到肯定，何处诉苦？校园人满为患呀，四棵葱可忽略不计！

老二说："去第一饭堂还是第二饭堂还是第三饭堂还是第四饭堂吃饭呀？"

我一听又晕了，老二尽讲废话，废话程度如同烟盒上标明的"吸烟有害健康"。我反问他："你不是说要回宿舍刷牙吗？"

"先不刷，饿了。"

小达说："你们饿了，先去吃吧，我出去。"说完，消失得无影无踪。

好吧，只剩三人了。

伟哥说："那就去一饭吧，比较近。"

我说："一饭。"

"那快走，饿死了。"老二不停地催促。

我问："你上课不是吃零食了吗？"

伟哥搭腔："就是，怎么又饿了？"

老二眼珠又一转，说："没办法，我是饭桶。"

我和伟哥面面相觑，不约而同地点头。相处这么久，我第一次觉得老二说了一句具有逻辑思维的话，道理也符合客观事实。

老二又问："吃完晚饭，干吗去？"

"不知道，你呢？大哥。"

我回答道："去学校超市买点干粮，夜里熬着会饿。"

老二说："好，我也要买。"

伟哥说："好，我陪你们走走。"

吃过晚饭买完东西，我们三人又走在校道上。紫荆校道比任何商业街都要热闹，人头攒动，吆喝声不绝于耳，又是一年机构招新时。只见校道两边桌子小凳一字排开，红色横幅左牵右扯，大字标语"北岭大学十大社团之一；2011年招新人数社团之首；第三届社团文化艺术巡礼总分排名第三；第五届社团杯篮球赛进入八强；第六届北岭大学社团杯辩论赛二等奖"。从来就没什么一等奖，有一等奖也是专业内学院内大学内如此小众范围，贻笑大方。

　　跑腿的手拿宣传单，见人则笑颜如花："亲，有兴趣就过来了解一下啦。"话事的稳坐大本营，两眼放光，色迷迷横扫路人，见着稚嫩脸孔，立马督促手下："上！"新生成群结队交头接耳，左顾右盼，仰望师兄师姐，羡慕之情表露于脸，想想权力的魅力正是如此，他日当上领导，也无限光彩。

　　说时迟那时快，我们回寝室的半途，杀出个程咬金。一大妈级别的大姐死缠烂打，似乎对说服我改邪归正信心满满。

　　她说："加入我们，好吗？"

　　我说："你们社团是怎么样的？"

　　她说："我们湖畔文学社成立于一九八〇年，是北大三十八个社团中成立最早的一个社团之一（我一想：又是之一），它是由星星文学社和中英文学社合并而成的，至今已有三十年的历史。现在文学社拥有社员四百多名。陶冶文学情操，提高写作水平，丰富校园文化是文学社一贯的宗旨。在这二十多年来，文学社取得了优异成绩：在各个校内外或全国性的征文比赛中，文学社均有相当的社员获奖；众多从文学社走出去的师兄姐们纷纷奔向文学的征程，成就一代又一代的文人学子；在全国各省的作家协会中，文学社社员也有不少成为其通讯员、校园作家。"

第
二
辑
不
知
所
谓

　　我说："噢！好厉害。"

　　她说："嗯。"

　　我说："你是哪个省作家协会的通讯员或者校园作家？"

　　她说："呃……"

　　我说："大几？"

　　她说："大二。"

　　我说："多大？"

她说："一九九一年生。"

我说："噢！"

她说："你大几？"

我说："大一。"

她说："多大？"

我说："一九九〇年生。"

她说："噢！"

我说："我可以当你哥哦，师姐。"

然后她就像触电的罗非鱼，双眼直愣愣，可能也明白我的言下之意是："别忽悠哥好吗？"

她说："噢！"

她不愧为政府机关后备人才的好手下，察言观色的能力不是盖的，明白过来就不再追问。我一看她一副可怜相，自觉自己欺人太甚，惭愧不已。哥对不起你师姐，哥对不起校团委校党委，哥对不起社团协会青年网学生会自律委员会，哥买完火腿肠还有正事，实在对不起。

伟哥见状，快速过来救场子。他倾盘而出的英雄救美之心就像芝麻开花节节高，对师姐说："我对你的社团挺感兴趣的。"

师姐眉开眼笑，噼里啪啦地向伟哥介绍。

老二说："我看伟哥不是对师姐的社团感兴趣，而是对师姐感兴趣。"

嘿，老二这二愣子，说话怎么越来越在理啦？我对他说："走吧。"

"那伟哥怎么办？"

"他现在没空。"

"这样呀。"老二一边走一边回头望伟哥，送君离开千里之外的眼神。

你看，十二年后的大学生正经的还真少，做事没点计划。不就下课吃饭回宿舍嘛，中途遭遇事故接受诱惑，四个中居然有两个完成不了。

回来寝室，实在也不是人待的地方。

老二的手机一直处于歌曲外放的状态，浮浮躁躁的，我也不想说他，因为已经不是第一次说了。按鲁迅先生说的，时间就是生命，无端地空耗别人的时间，其实无异于谋财害命，老二就是在谋杀我的生命。震耳欲聋的声响、五音不全的跟唱，配合着他乱七八糟的桌面、拼命抖动的二郎腿，真让人头晕。如果歌曲赏心悦目还好，可惜事与愿违。从那台砖头一样的山寨手机里根本播放不出什么正常的歌曲，不是慕容晓晓就是凤凰传奇或是庞龙刀郎。

"我在遥望，月亮之上。"

"那一夜，你没有拒绝我！"

"爱情不是你想买，想买就能买。"

"如果我得到你的人，却得不到你的心。"

我还是不要待在宿舍比较好！于是，我走出寝室门。

"大哥，去哪里？"老二见我要下楼，急着追问。

"出去走走。"

"怎么，在宿舍认真学习不好吗？"

"宿舍比较适合你学习。"

"我也觉得。"

下到宿舍大院门口，看到门卫老头，我忽然由此及彼想起校外报刊亭那个老头，于是快步走出学校。《大家都有病》还没翻完呢！

我看了一下表，现在是黄昏六点四十八分，报刊亭旁边的人寥寥无几。老头坐在一把和他一样老的椅子上，手捧《南江日报》，津津有味地阅读。他那股认真劲真使我怀疑，坏人把报刊亭搬走他也不知道吧。他眉头紧锁，像用胶水粘着一样连接老花镜。好想帮他将眼镜往上推一点，因为它真的快掉下来了。太阳几乎沉没于公路远处的尘土中，残阳本来就不猛烈，加上泥灰的渲染，更是阴沉。一台灰白的五十铃货车驶过来，扬起一阵迷雾似的灰尘。

第二辑 不知所谓

我的到来让老头分神了，谁叫我是不速之客呢。他站起来，跺着碎步，围绕报刊亭逛了一圈，又坐下看报。期间，他把我瞥一眼。这眼神，我见多了，谁怕谁？

突然，有人拍一下我的右肩膀，还好，我没病，我还能感受到别人的呼唤。

"你好呀，谢谢你上次帮我提行李。"

显然，说话的是一纤声细语的女生。我脑袋一片混沌，还没从刚才

的问题中跳出来。时间过去很久（因为我一直在回忆我怎么认识这女生，所以不清楚这个很久是多久，反正就是很久），我豁然开朗——Francesca Johnson！我记起来了！刚才叫我的是 Francesca Johnson！拍我肩膀的是一起坐火车的 Francesca Johnson！我帮她拿过行李箱的 Francesca Johnson！我急忙转身，可惜伊人却在灯火阑珊处，都二十米开外了。

都怪我脑瓜子笨，穷尽其所能也花费许久时间才将她忆起。

我呆若木鸡，嘴巴张得老大，一呼一吸大口大口吞着灰尘。

Francesca Johnson！这次算第一次校园偶遇，他日邂逅两次，必定问她要电话。

我很兴奋，回到寝室，边脱鞋子边跟唱老二的歌曲："那夜我喝醉了拉着你的手，胡乱地说话。"

老二实在是二，歌曲一成不变，播放载体已由手机改成电脑。他见我一副快乐似神仙的样子，好奇地问："大哥，你的福利彩票中奖啦？"

"不是。"

"真的？"

"别废话，我去洗澡。"我不想跟他耗，准备去做自己的事情。

"大哥，别，我先洗吧，很快的。"

我的天，一个人整晚待在宿舍，都干什么去了？我问："这么勤奋学习，把洗澡的时间都给耽误了？"

"那当然。"

"好吧，你洗。"我先让着他。第一，我今晚心情算是不错，谁想拿我的饭卡给女朋友买夜宵，我也可以勉强答应；第二，老二说他洗澡快，这不假，每次都不超过一首歌的时间。至于洗澡的效果嘛，还是不说为好，满身打过羽毛球后的汗酸味，洗前洗后一个样，真是摸不透他洗澡目的何在；第三，我可以趁机了解一下老二这臭小子一整夜在干什么。

不看不知道，一看吓一跳！QQ 最近联系人，从先前十八点四十八分到现在二十三点十三分，满满四十七页聊天记录。学习也太认真了吧？

我洗完澡出来，伟哥也刚好回来。出乎我的意料，他竟然比我还兴奋。看那自我陶醉的表情，叫他帮忙做一个月的化学作业，他也会乐意接受。

我当然有点好奇，问："伟哥，你的福利彩票中奖啦？"

"不是。"

"那是什么？"

"别废话，我去洗澡。"

很明显，他不肯与我分享内心，或者依然陶醉于心灵游离在外的欢愉。

伟哥洗完澡出来，熄灯，上床。大家开始准备休息。

休息是假的，夜生活真正的开启才是真的。有关这句话的另外一种解释是，睡觉是应该的，睡觉前的夜谈也是应该的。班主任在给我们开的唯一一次班会上不是强调过吗，同学之间要相互热爱相互帮助相互尊重有问题一起解决。所以，要成为一个完美的、团结的、积极的宿舍团体，我们就必须交流感情心得分享生活经验。

于是，我们开始今晚的卧谈会。

首先，老二发言："今天股市延续调整趋势，今晚我研究一晚上。"

伟哥："人们炒股干吗呢，真是的。"

伟哥："我得读好书，尽早买个房。"

老二："都怎么回事，读个大学就为买房？还不如娶个女明星！"

伟哥："是不是我们要转移话题了？"

我："是。"

老二："大哥，你这一转折也太生硬了吧。"

伟哥："还好吧，以前不是没有前缀直接入主题的吗？今天有个转折，气氛比较好一点。"

我："就是。"

老二："你们说，我们班有哪个女孩是像明星一样身材好的。"

伟哥："有吗？"

我："没有。"

老二："今天晚上和我聊 Q 的那女孩身材就挺好脸蛋也挺漂亮。"

伟哥："我们班的？"

老二："不是。"

我："你不是一整晚研究股市行情吗？"

老二："我研究完，然后再和她聊。"

我：	"你不是曾经说过，外在不重要吗？怎么老挑外貌突出的女生来留意？"

老二：	"说是说，做是做。"

我：	"怪不得今天的你这么不正常。"

老二：	"哪有？"

伟哥：	"怎么认识的？"

老二：	"我们羽毛球协会的。"

我：	"哎哟，参加活动还是有收获的哦。"

老二：	"那当然。"

伟哥：	"哪个学院？什么专业？怎么称呼？有男朋友吗？"

老二：	"外国语学院，外贸日语，何小惠，没有。"

伟哥：	"今天湖畔文学社那师姐好像对我有感觉。"

老二：	"是你对她有感觉吧！"

我：	"你怎么知道她对你有感觉？"

伟哥：	"感觉呀。"

老二：	"不会吧。"

伟哥：	"因为她死缠烂打，想说服我加入他们的社团。"

我：	"这样呀？"

伟哥：	"嗯。"

老二：	"哪个学院？什么专业？怎么称呼？有男朋友吗？"

伟哥：	"文学院，汉语言文学，陈芷苒，不知道。"

我：	"拿到联系方式没？"

伟哥：	"宿舍区号十三，手机短号六五八七八四，QQ号码五七四九四一一八六。"

老二：	"太好了，进攻呗。"

我：	"你们俩都加油吧。"

老二：	"对呀，天气冷，找个女朋友取取暖。"

伟哥：	"大哥，你的目标呢？"

我的目标呀？我没目标吧。我现在没女朋友。我倒蛮喜欢 Francesca Johnson 的，可是我对她的信息一无所知，连名字都是自己给她安的。她是挺漂亮的（在火车上我怎么没发觉呢？），细眉毛，黑长发，长睫毛，大眼睛，高鼻子，小嘴唇，尖下巴，白皮肤。找她当女朋友应该也不错。傍晚我不是见到她了吗？这就是传说中的缘分吧。她还认得我哦，还拍了我的肩膀。难道她也想跟我深入发展？

我："算了吧，睡觉。"

老二："不会吧，这么早。"

伟哥："作家三毛不是说过吗，人活着连夜间都得睡觉不如去死。"

我："结果她后来自杀了吧。"

老二："不会吧，原来流浪的三毛这小子竟能说出这么有哲理的话，他是作家吗？还有，我一直以为他是饿死的呢。"

我头越来越晕，懒得和老二搭话。唉，算了吧，睡觉。

迷迷糊糊，飘飘浮浮，小睡将近熟眠的状态，我感觉自己很快就会跃入温暖的原始森林。

过了许久，老二突如其来地从床上跃起，说："好像今晚我还没洗衣服。"

他说完就去洗手间。一阵窸窸窣窣的声响，管他呢，算了吧，睡觉。明天起床数数阳台晾着多少条内裤，一看便知。

然后，我真的睡着了。

一大早醒过来，我是非正常醒的，前一秒还是熟睡当中，下一秒闹钟就响了。人的生理也就那么一回事，己所不欲勿施于身体，为了计划，伤身在所不辞。响的闹钟是我的还好，可偏偏是老二的；闹钟是老二的还好，可偏偏不选一首好歌。我看过一句话，想毁掉一首好歌的最佳方法就是把它设置为起床闹铃。既然一首好歌都让人千夫所指，那老二的起床闹铃所受唾弃程度更是非同小可。

"你身上有她的香水味，是我鼻子犯的罪。"

这首《香水有毒》就像萦绕在一位怀有最为险恶心灵的毒蝎妇人身上的香水一样，在寝室里一直飘不停。

闹钟响了很久，《香水有毒》一遍又一遍，老二岿然不动，沉睡如同死尸。我和伟哥坐起来，怨声连连。有些人就是这样，闹钟不是用来提醒自己起床的，而是用来闹醒室友，好让室友提醒他起床的。

关于这点，老二与我高中第五年时遇到的一个哥们一模一样。我那哥们叫郝大海，喜欢 DJ，早上起床闹铃换来换去都是 DJ 乐曲。两人如出一辙。

伟哥下自己床上老二床，不由分说，抬腿就是一脚，踹在老二脸蛋上。老二这才有了灵魂，坐起来边挠头发边言言自语："啊？都几点了？刚才怎么就没听到手机响呢？好像梦到馅饼从蚊帐落下来砸我脸上了。"

伟哥朝着老二吼道："你这么早设闹铃，起床吃馅饼呀？"

老二隐约察觉事情微妙，低声下气："我今早有课。"

我说："瞎扯，星期六上什么课？哪门子老师没事找事给你上课？"

老二又想了想："噢，我早上去排练，明天校园十大歌手比赛初赛海选。"

伟哥的气还没消："尽爱吃饱撑着。"

老二说："我还没吃早餐呢。"

我和伟哥无言于对，躺下床，尽量补充睡眠。

老二洗刷完毕，出门前轻手轻脚，像是害怕发出声响。也是，换谁都有愧疚感，尤其给别人生活带来不好的影响之后。再无耻之人也有羞辱之心吧。千不该万不该，我心中对老二的夸耀还没抒发完，他走到寝室门口一下子潇洒万分，手就那么用力一带，铁门"嘭"地合上。整栋楼都听得一清二楚。

真是一个瓷实的祸害！

被祸害一搅，我睡意全无，不如起来，早点预备，反正有事。

伟哥唉声叹气叫苦连天："我昨夜可是失眠过来的呀！"

我心有怜惜："那你就好好休息呗，陈芷苒同学又没找你。"

"你也滚，昨夜就为这点事睡不着的，还提她。"

"真的？"

"骗你干吗？"

"骗我买早餐呀。"

"你再滚。"

我没有滚，只是跳起来，刷牙洗脸吞早餐。我要去图书馆。

因为周末，校道上人不多，倒是阳光多到无处安放。都二十几年过去了，太阳还是这么猛烈，照在我的厚脸皮上，火辣火辣。

图书馆位于学校中央，类比人体生理结构上的肚脐位置。我们学校的这颗小肚脐，有很多特点。

第一，面积小，小到你可以在学校官方地图上找得到，在学校里找不到。有一回，一校外人员问我，同学，你好，请问你们学校的图书馆怎么走？我一脸纳闷，喏，你转身那坨建筑便是，不就在眼皮底下吗？

第二，外表旧。我兴奋的时候经常无处发泄，静静地待在图书馆转角处，用手指戳它的外墙，混凝土碎瓷片飒飒直落，痛快不已，心理调节效果非常明显，另外，我发誓，本人从不留长指甲。

第三，馆内人多，比紫荆校道上的人还多，为借本书往里钻，整一个视觉冲击感觉错误，这不是春运时候的火车箱吗？上个厕所也拔不开人群。

打小时候起，我就不是什么好东西。偷鸡摸狗，小菜一碟。三更半夜，有事没事和K那群手下相约，谁家荔枝龙眼葡萄杞果熟在枝头，一扫而过，尸骨全无。K那群混蛋爱吃，我也爱吃，所以偷些吃吃喝喝的理所当然。我是一个思想家（后来和那群混蛋相处久了才发觉），总不能随波逐流，于是想法子偷点其他的东西。偷什么东西呢？所偷之物势必与思想有关。与思想有关？我看还是偷书吧。说到做到，我开始物色对象。在当时我们那个年代的小山村，书籍可是高级货，想偷不容易。巡遍整个村落，最好的书只有九年义务教材。

众所周知，我是思想家，对一切呆板规矩毫无新意的东西不感兴趣，更不用说满满当当全是教唆口吻的教科书了。有能力偷好的，就没必要拣些被先辈嚼后吐出来的破烂货。我对九年义务教育鄙夷视之，于是，开始努力寻找真正意义上的书籍。可见，我有多么心术不正。

十二年前一个伸手不见五指的夜里，我撬开了村子里小学图书馆的大门，当然只有我一个人。那扇门说大不大，说大也只是为了衬托我撬门所做出的努力。大门铁皮材质，上面的油漆脱落得如同涂着一层贵妇晕车后的呕吐物。因为是铁门，所以我撬得格外小心。门把上挂着一把大锁，那锁说大也不大，说大也只是为了衬托我撬门所做出的努力。我拿着从别人家偷来的螺丝批对大锁的屁股捅呀捅，耐心程度前所未有。我一呼一吸小心翼翼，手心脸上的汗不停吧嗒吧嗒地流。想一想破门后可以见到渴望已久的高级货，我兴奋得胆战心惊。多辛苦多挫折，我都愿意去承受啦。皇天不负有心人，铁门"鸡鸭"一声，开了。

知识的殿堂之门终于为我开启！

在这里，我必须澄清一下。其实，我脱离 K 的组织转移盗窃目标，不愿同流合污只是直接原因，实质原因是为了讨好一个女孩。事实就是，我无论做多么高尚的事，也高尚不到哪里。为什么要讨好这个女孩，直接原因和实质原因就是我喜欢她。她叫什么名字？这不方便说。因为就算在十二年后，她也一直留意我的最新动态。倘若她知道我在此提及她的名字，误解我还喜欢她，这样就不好解释了。以前我是喜欢她的，现在我长大了，不喜欢了，还是不提名字好。以下内容，为了防止对号入座，我会略加修改。

女孩很漂亮，读书很好。就这一点，彻底改变了我一直秉承的"漂亮的女孩读书不好，读书好的女孩不漂亮"的观念。年纪轻轻的我，在心智发展过程中，自己的观念翻天覆地般被她改变了。我能脱离她的影响吗？绝对不能，于是我喜欢她。

女孩坐在第一排，而我坐在最后一排。这样的好处是，无论我多么游离多么分神地注意她，老师同学们都以为我是很认真地在听课。因此，我心安理得。除了上课留意她外，我还会在下课时故意蹭到前排和一群混混打闹。谁都知道，面对喜欢的女生，人们再威武再深沉再不可一世，在她面前都是卑贱如泥土。我从来不敢和她搭上一句话，哪怕是"你吃饭了吗？"有时候心血来潮，想问她借作业来抄抄，结果都以失败告终。憋屈久了，我实在欲火焚身，所以我决定，下课后跟踪她。

这是一项绝对的技术活，没有这天赋还别闹着玩，闹着闹着被发现可不好。这么一说，只有一个意思：我的技术活还不赖。眼观六路耳听八方，轻手轻脚，躲躲闪闪，假装看看天故意数数秒，醉翁之意不在酒。

一个星期后，我发现她每天问完老师问题从办公室出来，都会去图书馆借书。借什么书，我无从了解。她是爱书之人，这很明显，所以，我的跟踪也不会无功而返。知道她爱书后，接下来的计划当然就是找机会接近这个爱书的小姐。

所以，我脱离 K 那群流氓，为自己喜欢的女生，踏入了知识的殿堂。

说也奇怪，我捅开图书馆的锁进去，出来时居然还可以将之套上，我再一捅，又开了。也就是说，我手上的不起眼的螺丝批完全扮演了钥匙的角色。我一时迷糊：手上这把玩意是不是和图书馆钥匙当拜把兄弟了？这种事，我见得多，为了兄弟，愿意冒险顶替兄弟做兄弟该做的事，如此之人，数不胜数。

自从可以自由进出图书馆后，我开始有了底气。

我问那个让我上课时聚精会神假装听课跟踪她跟踪了一个星期的女孩："你喜欢什么书？"

因为我是第一次上前搭讪，她停顿好几秒，说："连环画。"

故事就是这样发展。

第二天下课，我面红耳赤地捧着《新儿女英雄传》、《小城春秋》轻轻托在她面前，两套共计七册，刚好挡住自己的脸。为了不让她知道书是从图书馆偷来的，我还用手指沾口水将图书馆的印章磨掉。她依旧停顿好几秒，盯着我，然后喜出望外，欢快地蹦蹦跳跳。

我心里给自己鼓励一个：我终于接近爱人的生活了！

原来偷东西也可以有成就感！

故事还是这样发展。

接下来的一个多月，我马不停蹄地给她运书。逐渐地，我觉得进攻时间成熟了，于是挑选一个比较好的节气向她表白。记得好像是端午节，我对她说话的时候还打嗝，满嘴是粽子的味道。我将十册的《铁道游击队》摆在她面前，含情脉脉地瞥住她的眼睛，说："我喜欢你！"不出所料，她还是停顿好几秒。出乎意料，她对我说："不好意思，我已经有喜欢的人了。"

我当场那个晕，怎么感觉在哪部八点档的连续剧上听过这样的对白。还没等我回过神来，她已经抱着我盗窃来的劳动成果跑出教室。我急忙追上去，并不是死缠烂打，也不是恼羞成怒，只是想了解一下，到底是哪个家伙敢与我抢饭吃！不知道我快饿死了吗！

爱情轰轰烈烈，如同脱轨的动车组，结果惨不忍睹。

我立在她面前，掺着她一根萝卜粗的胳膊，问："你喜欢的人是谁？"

她依然停顿好几秒，说："我说出去你不要说出去呀。"

我咬牙切齿："好。"

"罗大宝。"

"为什么喜欢他？"

"他天天给我买冰棍。"

"我也天天给你带精神食粮呀！"

"他是班长。"

"我也是学校乒乓球桌面清洁队的队长呀。"

"他说过不可以将我们的爱情告诉别人，地下发展，真是浪漫。"

"我不浪漫？"

"很散漫。"

"那你为什么将你们之间的事告诉我？"

"因为你问呀。"

"就这样？"

"而且你天天给我带书。"

"就这样？"

"你还想怎样？"

"不想。"

"谢你的书。"

"不客气，活该的。"

…………

　　我回家又啃了一条粽子，边啃边分析，具体如下：爱情不是一厢情愿地付出就可以，还要顾及对方的感受，摸透对方心理，对症下药，百发百中；最好当个班长，或者学习委员，要不小组长也好，权力象征着魅力；最重要的，小女生爱玩浪漫。

　　以上我都没考虑过，不失败的话，那绝对是成功将我当儿子宠着了。所谓失败是成功之母，那样我岂不是变成外孙子啦？我真是个龟孙子！

　　以上是我小时候的图书馆爱情经历。

　　由于爱情的夭折，我一度很失落，厌世情绪达到极点。爱情没了，手上的图书馆钥匙怎么办？我想过将它抛进小学的茅坑，后来，经过一番深思熟虑，觉得大可不必这样。回想起来，我之所以喜欢班长罗大宝的女朋友，还不是因为她喜欢看书！这股气质，我可没忘！我若仔细钻研，说不准日后成为一块磁铁，女生则如同小铁钉，刷刷地朝我扑面而来。

　　当时很流行一首《好汉歌》，该出手时就出手，嘿。我则把它唱成该放手时就放手，嘿咿呀。放手后的我不再偷书，转而看书。上课下课手里揣着一把螺丝批，别人问我不是用来捅罗大宝的吧，我说是用来看书的，没一个相信。

不信就不信，我也不在乎。有了图书馆，我的精神境界可不是你们此类鼠辈能理解的。我看书去！

原来有这么一个好地方！

书中自有千种栗，书中自有黄金屋，书中自有颜如玉。唉呀呀，读好书就不用吃饭不用买房子不用泡妞啦！读书有多好，没读书的人是不知道的。

读的书多，我隐约察觉了自己的变化：越来越在行了。日翻多页不说，还可以下笔乱写几句。其中最让我有信心、长江后浪推前浪的是诗歌，不就一个句子拆成三四截吗，我再喜欢不过。逐渐地，我成为一个诗人。泡妞的事水到渠成，货源允足，任我挑选。当然，这都是后话了。

现在我的大学图书馆比我的小学图书馆大很多，大学就是大学，小学就是小学，两者从图书馆一比较，区别摆在眼前。只不过，大学的图书馆也大不到哪里去。

我一把推开图书馆的门，尽管是周末，人数竟也庞大。

一楼是接待大厅和自习室。自习室里的人不少，正常迹象，如果是期末，那可不得了，情侣也纷纷从校园里谈情说爱的角落跳出来，大家都是挽起手袖抢座位，猪崽抢奶便是类此情况。二楼是办公室与期刊部，也是图书馆里高跟鞋最为集中的地方。办公室的女人们打个水送个文件什么的，敲着地板，踢踢踏踏。在期刊部看杂志的学生如坐针垫，横射白眼，真想把穿着高跟鞋乱敲的女人给灭了！四楼至六楼是藏书馆，应有尽有。

一直以来，我都觉得图书馆与女生有着微妙的关系。我满脑子的爱情幻想都寄托于图书馆，架构于其上，甚至潜意识里明确了挑选女生的必要条件都必须脱离不掉图书馆的干系。大家来图书馆有目的，我来图书馆也很有目的，他们来图书馆借书还书看书学习，我来瞄女生，目的非常明显。我心中暗暗算计，迟早有一天邂逅属于自己的女王，转角遇到爱；就算没遇上，我也会想方设法接触清洁工阿姨的女儿。为什么？因为我喜欢图书馆女孩，喜欢与图书馆有联系的女孩。反正我来图书馆就不是做什么正经事。

显然，我差点忘记自己今天来图书馆的目的了。上面怎么没提及图书馆三楼？那儿才是我要去的地方！

三楼是图书馆电子阅览室，我是来应聘管理员的。

图书馆电子阅览室管理员属于学校勤工俭学活动提供职位之一。首先，我有能力胜任这份工作，因为我对计算机有着狂热的兴趣，虽然我的本科专业是化学化工；其次，我的家庭不富裕，说得上寒碜，父亲母亲感情破裂，影响巨大，对我的感情付出减少不说，对我的经济付出更是少得可怜；另外，在参加勤工俭学活动当中，我可以学到许多相关的职场知识，为以后的就业做好最佳的铺垫；最后，自己赚来的钱花得更风流，泡妞也有资本。

以上是在应聘过程中，我为"你为什么来应聘这份工作"给出的答案。当然，最后一项是我在心里说的。我再怎么混蛋，说话还是会分场合的。

应聘面试官是一个大三的学生，三年来，他一直在电子阅览室当管理员。

他听着我的分析，频频点头，眼睛不停地放着慈祥的光芒。这样的小动作，我将之理解为对我的肯定。于是，我一直笑容可掬。不得不说，要是在其他场合上见到什么大师兄大师姐，我才懒得赔笑。赔笑比赔钱还让我难受。

我对自己可以取得这份工作信心十足。说到底，我这么有信心，原因还是归结于走后门。

事情的真相是这样的。

开学以来，身为大学生的我深感生活百无聊赖。在一个吞饱油条后失眠的夜晚，我想到勤工俭学活动。到底选择哪种职位？毫无疑问，计算机。如你所知，我盯上了图书馆电子阅览室管理员。有目标就得有计划，我寻东问西洗耳恭听询于刍荛，千方百计了解到争取职位的途径。然后，就开售了走后门。起初，我隔三岔五跑到管理员（给我面试的师兄）面前，学习工作性质以及内容。他见一个新生有如此热情，当然热情相待。后来，我对工作逐入佳境，胸有成竹安心定志。另外，我与师兄熟悉程度也与日俱增，谁不知道在朋友处谋取一职半位轻而易举，只要你不伤害他的利益。说得更深入一点，其实，在我跟随师兄学习的过程中，我给他买的盒饭买的饮料为成功取得工作奠定了牢不可破的基础。

我确实是使尽了坏点子的家伙！

面试按照规矩进行，踌躇满志的我在面试完后还不忘请师兄吃个饭，虽是外街大排档，也算有诚意。

因为我的心思非常注重对工作的争取，所以一直漂浮不定。正因如此，面试相关的事情不由自主地从简而述了，毕竟我需要的只是一个好结果，而且我也得到了这个好结果。

"从明天开始，过来图书馆电子阅览室上班吧。"师兄吃饱喝足后，一只手摸肚子一只手拍着我的肩膀说。

我兴高采烈，比第一次在校园偶遇 Francesca Johnson 还要兴奋。噢！我不能这样比较，两者是完全不同性质的。

工作和女人是男人大半辈子的追求，对于两者，我都很高兴。

得到工作的我似乎有点兴奋过头。

夜里，老二满眼诡计，对我说："大哥，过来当我的家属团好吗？我明天参加校园十大歌手初赛海选。"

我脱口而出："好呀。"

这就是兴奋过头的证据，说话一点也不经大脑。我事后回想，后悔不已，恨不得把自己的舌头给切了。不就一场海选吗，没必要家属团吧？我竟也答应，看来，我比老二还要吃饱撑着。

让人欣慰的是，伟哥也和我一样白痴，答应老二当家属团。

大学里不仅人多，活动也多，两者之间其实就是因果关系，相互依存，同脉相承：人多自然而然没事也要找事做，于是就有了活动，活动也因为人多而经久不衰。大家都活蹦乱跳的，嬉闹起来连父亲姓什么都会忘记。所有活动都打着锻炼的旗号进行，无一例外，口口声声这是展示才华的舞台。舞台我见得多了，就是才华少得可怜。在这种浮躁的活动中寻找才华，无异于荒原里寻求绿株。当然，这涉及舞台大小问题、阶层高低问题、环境好坏问题。

我们学校的舞台就小到不能再小！

老二参加的这个十大歌手比赛就是校园经典活动之一，好坏自有人评述，仁者见仁智者见智。

上台表演的学生形态各异，高矮不齐，有的家庭条件比较好，有的家

庭条件比较差（我从小练就一双势利眼，从外表可以判断）。家庭条件好的光鲜亮丽，装扮时尚；家庭条件不怎么好的则黯然失色，朴素明朗。就算衣服再普通不过，其上也经常会用各种工艺弄着这个英文单词"fashion（时尚）"。好在学校还不是完全地社会化，以貌取人的现象并不严重，至少在此次活动中就不明显。

我和伟哥坐在最后一排，位置和平时上课时的差不多。这样的好处是，待实在熬不下去时，拍拍屁股就走人。老二也挺贴心的，怕我们家属团受苦受累受困，每人发了一瓶可口可乐。话说也不对，假如他的意中人何小惠不来当他的家属团，我想我们连最廉价的菊花茶也喝不上。还好，老二把他的爱人何小惠也请来了。

我正在心里咒骂老二时，他上场了。

老二显得有点紧张，眼神飘忽不定，步伐轻浮如同踩在芦苇上。他身着平时少见的黄色POLO衫，脚上的白色运动鞋洗得终于见白，配合着黑色西裤，像个煤矿老板。

他哆哆嗦嗦地开口，道："大家好，我是来自化学化工学院的学生。"

我们一听，学院大名都报出来，台下不禁欢呼。

"我，我的名字，叫赵老二，哦，不是，我的名字叫，赵乳鹏，我很，很高兴在这里，为大家演唱，献唱张敬奸，哦，不是，是张敬轩，的《断点》，谢谢，鼓掌。"

现场一片安静，没有一点掌声。老二咧嘴傻笑，自觉台阶不好下，只好开声放歌：

静静的陪你走了好远好远
连眼睛红了都没有发现
听着你说你现在的改变
看着我依然最爱你的笑脸
这条旧路依然没有改变
以往的每次路过都是晴天
想起我们有过的从前
泪水就一点一点开始蔓延

我转过我的脸不让你看见
深藏的暗涌已经越来越明显
过完了今天就不要再见面
我害怕每天醒来想你好几遍
我吻过你的脸
你双手曾在我的双肩……

当老二唱到副歌部分，也即"你双手曾在我的双肩"时，高音开始上不去，腔调完全变形，破了。这种走调是用铁丝刮划大理石，用铁铲摩擦水泥地，用钥匙划破塑料袋，听着让人撕心裂肺，毛骨悚然。

老二一下子成了真正的主角，满脸不好意思，两眼左右一扫，势必在想：还是得找个好台阶下呀。于是，他又开口说："不好意思，走神了。"

我看一下伟哥，伟哥看一下何小惠，何小惠看一下我。伟哥低头在我耳边咬耳朵："我看大事不妙。"

还好主持人明白真相，急忙伸出援助之手，说："这位同学极具表演天赋，为我们奉上了清新脱俗的作品，大家用热烈的鼓掌欢送他下台。"

观众一脸尴尬，死气沉沉地拍响几个巴掌。老二一溜烟，冲下台，杳无人影。

我们家属团尾随主角一哄而出。

《雷雨》有这么一幕场景，就是四凤因无法承受残酷的现实，冲出屋子奔向花园，碰到漏电的电线而死。我们都害怕老二会做出对不起自己的事，所以，大家都急忙寻找。虽然老二不是四凤，而且也没什么可比性，但世事难料。

无双不巧，月老的安排就是如此精妙。

在场地门口，我居然碰到Francesca Johnson！她刚好也从比赛场地出来，冥冥中使然，我们又相遇了！

然而，在如此场合见面，我实在没有准备什么开场白，只好支支吾吾。Francesca Johnson却是第一个开口："你认识赵乳鹏呀？"

我一脸假装茫然，说："不认识，怎么会认识他呢！"

"那你跑出来干吗？"

"喔，那个，嗒，我想上个厕所。"

"这样。"

"对对。"

因为心急，苦思老二在何处，我回答得匆匆忙忙。Francesca Johnson 似乎也明白我有急事，先行道别。

怎么会在这里遇到 Francesca Johnson？倘若在别处，例如学校超市或者奶茶店或者图书馆什么的，那该多好！那该多浪漫！可惜呀可惜！

这算第二次偶遇，他日校内邂逅最后一次，我必定向你要电话，Francesca Johnson！你能听到我对你的呼唤吗？

出乎意料，第三次邂逅竟来得比第二次还要匆忙，就在十大歌手初赛海选第二天。这也是后话了。

在这里，交代一下老二吧。他没事，我们赶到的时候，他躲在厕所里，一声不吭，独自饮泪心痛欲绝。欲绝就行了，还好不会死，死不了就还有明天的！

"大哥，何小惠说我表现得怎么样？"

"还好。"

老二却哭得更厉害了！

我必须承认，我是在给安慰。

第二天上课，大家恹恹欲睡。尤其老二，像从笼里放出来的阉鸡。他的脑袋如同用绳子绑着，挂在脖子上，一用力甩，没准会掉下来。也难怪，打个电话给心爱的女生，竟然没接，换谁谁心酸。

有人欢喜有人愁。为庆祝顺利成为湖畔文学社社员，伟哥喜上眉梢慷慨解囊，请我们喝糖水。

大学里的黑夜与白天其实没什么区别，永远喧嚣吵闹。今晚也不例外。

我们三人来到第二饭堂，挑靠近门口的位置落座。位置的选择由我提议，说服他们的大概观点是：把守大门，一夫当关万夫莫开，学校无论什么货色的女生只要进出二饭，我们一目了然。老二一时醒悟，拍腿称快，好主意。

伟哥是老板身份，对我们说："喝点什么？"

我心里一阵窃喜，点个最贵的："香芋西米露。"

伟哥转向老二，问："你呢？歌星。"

老二满脸不耐烦："滚，和大哥一样，加冰。"

"好嘞，等我回来。"伟哥说完，向甜品站走去。

我偷偷瞄一眼对座的老二，只见他垂头丧气，一副灵魂出窍的样子。我明知故问："老二，怎么啦？"

"没事。"他还在掩饰。

"晚饭没吃饱，又饿了？"

"没事。"他回答得显然牛头不对马嘴。

我也识趣，不再询问下去。打破砂锅问到底，到底还是没沙锅。

然后就是很长一段时间的沉默。

"大哥，你说小惠在想什么？"老二突然问道。

我又不是你的小惠，我怎么知道她在想什么；我连自己在想什么都不知道，我怎么知道你的小惠在想什么。越是在乎的人越是猜不透。于是，我加强安慰语气，对他说："也许什么都没想。"

"那她为什么不接我的电话？"

"也许电话坏了。"

"那她应该找个电话回复呀，知道我打过去，还不回复。"

"这种情况，你会回复吧？"

"对呀。"

"好孩子。"

此时，伟哥手捧托盘，上面放着三大碗糖水，步伐姗姗走回来。他听到我们的对话，立马搭上嘴："说我好孩子吗？"

"滚。"我和老二少有的异口同声。

伟哥坐下来，说："对了，老二，你的女朋友给你回电话没？"

"什么我女朋友，人家没说跟我呢，拜托！"

"难道你不想？"伟哥继续挑逗老二。

老二似乎真的来劲，一本正经地说："废话。"

恋爱中的男人确实没什么智商，我快速打住伟哥："别闹了，让老二静一静。"

老二也没理解我的意思，像丈二的和尚摸不着头脑，呆呆看着我。我见他还是没找着魂，心中恨铁不成钢，说："喝糖水吧。"

三人这才咕噜咕噜喝起来。

糖水很甜，我舔着嘴唇心满意足。占了便宜，心情大好，一天下来上课的疲惫烟消云散。

就在我刚放下大碗的一瞬间，心情立刻从云端跌落至谷底。

老天呀，你是不是看我比你心情不差，故意玩弄人？

我伤心的源头与老二悲痛的初始一比较，本质其实一模一样。我又见到了 Francesca Johnson ！

见到心中女神，按照事先设计好的情节，本该是高兴的事，可我却是晴天霹雳般痛苦。

因为 Francesca Johnson 身边有一个男生！

我怎么可以忍受喜欢的女生旁边还有一个男生！

他们还牵着手！

我刚喝下的香芋西米露在肚子里翻滚，甜甜的，后来变成辣辣的，像一大瓶聚苯乙醇在体内翻江倒海。我该怎么办？窝在这饭桌间，低头紧握拳头暗暗心酸？还是冲向前，半路拦截逼问清楚，你们到底是什么关系？什么关系，这还不明显吗？我连人家的名字都不清楚，好意思上前当第三者吗？遥想上大学以来，我对美好爱情的向往，对浪漫情节的守候，一切都破灭了，魂飞魄散。你不知道吧，前两次我们的相遇是多么的美好。假如我们开始一段新鲜的爱情旅程，手牵手过上幸福愉快的日子，我想你一辈子也难以忘怀！为何偏偏这第三次，我正准备向你要电话的第三次邂逅，你身边突如其来冒出一个男人？到底为什么？

我越想越光火，体内的能量似乎快要爆炸。

再看看 Francesca Johnson 身旁的男生，人高马大，四肢发达，一副运动员的身板。他肌肉发达，尖嘴猴腮，头发蜷曲得像小学英语课本里的汤姆，身躯高大威猛，能在第二食堂的地板上留下一片灯光阴影。看到这里，我马上心虚：打起架来，我肯定被打得不是面目全非就是半身不遂！

好大一坨被鲜花插上的牛粪呀！

我心里一阵阵地不服气，我也承认自己是吃不到葡萄推翻葡萄架的心理。好吧，有主的花不能乱采。何况这主一副猿人模样。

看着这对情侣消失在校园内，我悲从中来。他们有多亲昵，我就有多悲哀！

苍天，你有眼就陪我落落泪吧！

Francesca Johnson，Francesca Johnson 的电话，我哭着和你们说再见！

我爱上一个连名字都不知道的女孩！

回到宿舍，我没有洗澡，直接躺上床，倒头大睡。老二问我："怎么啦？"

我说："没事，睡吧。" 我彻底进入老二的心境，原来一个宿舍一下子有了两只阉鸡。

黯然神伤的我开始胡思乱想天马行空，实在接受不了爱情的离去呀。

我静静地慢条斯理地守护爱情有什么错？它竟然按捺不住，输给了时间，转身说走就走，离开是最灿烂的理由。

大学爱情故事呀！你比大家挂在嘴皮边的"我请你吃饭"还假。

我一夜无眠，想起了高中第五年时的郝大海同学。

那时，大海喜欢一个叫叶子的女生。我问他，你喜欢她哪里？他很害羞地回答，我觉得她很像周笔畅。我又问，真有这种拥有明星脸的女孩？他信誓旦旦地回答，有！假如事实如此，我的确渴望阅览一番。于是，大海把我带到他的周笔畅面前，我左看右看上看下看横看竖看，怎么也看不出她哪里像周笔畅。我想了很久，噢，不对，眼镜倒是挺像的！

就这么一个女生，怎么也说不上靓女，大海为什么会喜欢呢？

大海昼思夜念，思想指导行动，他开始频繁地给叶子递情书。情书数量众多，形态各异，五颜六色，花样百出。外人看在眼里势必认为他花费不少工夫，其实非也。这些情书大多是他的好兄弟李冬瓜写的。李冬瓜向我诉过苦，刚开始只是好心肠帮忙写几份而已，后来，没想到大海胃口大，每两天一封。重点就在这里，刚开始写的几封是李冬瓜的笔迹，到后来不可能把信换成大海的笔迹吧。因此，在大海的淫威下，李冬瓜非常心不甘情不愿地当起大海的枪手。

物极必反，有一次，李冬瓜实在心烦，可能思虑到整天为大海写情书也捞不到什么好处，开口对大海说，我不想写了。大海甜言蜜语，但使出

浑身解数，也奈何不了李冬瓜的罢笔决心。于是，大海应承李冬瓜天天请他吃饭。李冬瓜从了。

到底还有李冬瓜不服从的时候，大海就对李冬瓜说，我写你抄，你也给我完成吧，不然我的幸福真的不幸了。

给叶子情书的内容我看不懂，不是我不想看，而是字里行间的书法真是让人看着掉鸡皮。也不知道叶子有多少鸡皮疙瘩为此而掉。

大海也是瘪三一个，每次的情书都是找我给他送。

反正可以跟着李冬瓜混饭吃，我也没想太多，就当起大海的信使。

对泡妞这种事，还是旁观者看得比较明白。若我是女生，我也不会喜欢大海，自然不是损友，除了大海不帅之外还是有原因的。

另外，真不是我多情，叶子竟然以大海为由，与我有过多接触，尽管她打着向我倾诉的幌子。

我一直相信，如果别人喜欢你，你并不一定清楚；但如果别人和你玩暧昧，你一定可以感受得到。

这可不是什么好事情！大海浑身上下所散发的酸醋，两米开外，谁都闻得到。我也觉得非常不好受，深感红颜祸水。

叶子对我有感觉，我又能怎么办？我和大海虽然不是什么山盟海誓歃血为盟出生入死的好兄弟，但也一起打过扑克牌一起考试作过弊一起吃过学校旁边的砂锅粉一起骂过哪个学校领导真该死，彼此分享几张碟片还是可以的。

我还记得有一次体育课，大家排着队，听着老师指指点点。大海的眼神留意叶子，叶子的眼神留意我，我的眼神不能不留意李冬瓜，李冬瓜的眼神同时留意三个人。那个气氛真是别扭，感觉全世界都脱光了衣服。

还记得那么一天，好像是什么节来着，现在也想不起来，反正就是给青年男女缠绵谈恋爱交流感情提供借口的日子。大海写信给叶子，渴望结伴出来散散步逛逛街压压马路。没想到叶子回信的速度比学校附近网吧的网速还快：不去！

大海接到回信，愁眉苦脸多时，考虑软的不行就来硬的，又给叶子写信（应该是亲笔写的，只是故意模仿李冬瓜的笔迹）：我已经和朋友们说好，要带你出去让哥们见见。你若不陪我出去，我岂不是很没面子？

我一看这信，头脑一片轰隆。我一脸疑惑，问大海，这样行吗？大海用拳头往胸脯一拍，胸有成竹地说，没关系，有戏的！

我心想，完了完了，戏是唱了一小部分，毕竟还没到徽班进京的辉煌时刻。郝大海你竟敢破罐子破摔！

结果，不出所料。

大海很没面子。

那段轻松的日子就在大海问我怎么追求叶子，叶子问我怎么摆脱大海中流逝，我活在矛和盾中间，为难不已。

这都是高考环境下的爱情故事而已，随着高考的结束，过程中形形色色向各个可能性发展的细节已无从考究。然而，依然清晰留在我脑海中的是一个睡意蒙眬的午饭场景，大海将一块橡皮擦一样的肥猪肉甩在玻璃钢做的饭桌上，问我："我该不该继续？"

我看一眼桌子上的肥猪肉，再看一眼自己饭盒中的肥猪肉，心想，我可没那么多肥猪肉跟你耗，一副百家讲坛的腔调对他说："爱是自私的，你朝自己感觉好的方向发展吧，爱着高兴你就继续，爱着痛苦你就结束！"

现在回想，我实在是挖了一个大坑让自己往里面跳！

失去 Francesca Johnson 后，我苦不堪言，可还是盼望继续。

我该怎么办？

小·女生阿菜

我总是爱这样叫她,阿菜阿菜阿菜。不是我们的交流没有符合中国传统礼仪美德,而是彼此熟络到毫不客气,或者打情骂俏。倘若她看到我这样写,肯定会发飙地呛声:"滚!"

我与阿菜相识于二〇〇九至二〇一〇学年度,这一时期于我而言,除了高考失败之外,平静得如同老人脸上寂静的鱼尾纹。阿菜是主角,我只是配角,没有公主与王子,没有街灯,没有油伞,没有爱心早点,没有褶皱边的电影票,没有寝室区转角的缠缠绵绵,更没有华丽浪漫至死不渝的爱情故事。噢!阿菜是有爱情故事的,我都忘了,我连配角也不是,最多就是个观众。好吧,阿菜的故事不是我的故事。

当局者迷,旁观者不好说。这是阿菜的故事,我是旁观者。

不知道从何时起,班里一位患有精神分裂症的女同学成为众目焦点,大家的议论纷纷加强着她的敏感。现在想起,我也为她的处境感到愤懑寡欢进而产生怜悯情愫。她待人怀有的奇异想法和诡秘行为并不受自己控制,强迫症使她过分关注头顶的日光灯而惴惴不安,她还不止一次向我诉苦:有人追杀她!一个人活在如此心理疾病折磨下,能不可怜吗?

现实是,没有人觉得她可怜,因为她带给同学们的伤害更大。班主任联系她的家人协商退学事宜未果,将她的座位调到第一排角落,以尽量减少对学生造成不良影响。同学们心知肚明心照不宣不约而同地在她的后排空出位置。强调集体生活的教室就这样变得气氛诡异。

几经周折,两位班长义勇献身,坐在她后面。几经周折,X班长出于成绩原因退学,空着的位置由我顶上。我这瘪三根本没有什么伟大情怀,只是不想再坐在最后一排踩着青春的尾巴耍流氓而已,我该听听课了!那已是高四下学期的开始。

就这样，我作为复习生的回忆似乎从此才有资本——精神病女同学、同桌班长葱头、乖巧的猫仔、公主脾气的秋女，嗯，当然还有阿菜，暂时不给出定义的阿菜！

阿菜短头发，招风耳，有眼袋，眼睛和散发着热气的馄饨一样温柔，她的塌鼻子比我的塌鼻子要精致好多倍，皓齿，红唇潮湿似蕴含雨露的薄云。她经常用普通话与我交流（一般同学用粤语），笑起来咯咯咯，仿佛从高山上一跃而下的水珠，引起方圆两米以内的荡漾。

她与秋女是室友，她们时不时会躺在同一张床上讨论所有女生关心的话题，彻夜不眠，好在明天见面时可以彼此心领神会地捂住嘴偷笑。阿菜后来的日志里多次提到这位挚友，大概现在也没找到往日情怀。当然，她怀念的应该还是当初话题里面的那个"同学"吧！

同学同学，阿菜总是在外人面前这样称呼男朋友，不知情的还以为她对同学们朝思暮想，实质非也。

天下的爱情总是如此一般，非当事人永远不了解故事的始终。阿菜和"同学"怎么就成一对了呢？这个问题围绕着我，以致高考完后，自己关心的已不是考试答案。

"同学"坐的位置和我未坐上前排时的位置差不多，人也应该和我没两样，混混一个。他讲起黄色笑话时表情自鸣得意，谈起毫无实质的无聊事情身体语言激情澎湃，但那只是他的面具。这个聪明的孩子，发奋起来则埋头苦干两耳不闻窗外事，能考进班级前五名就是最好的证明（虽然只有唯一一次）。他不帅，但她喜欢他的坏，她亲口承认的。

"男人不坏女人不爱"这种狗屁话竟然被阿菜赋予行动执行着！

爱情里的女生，你永远把握不了她的想法。

对于阿菜现在的想法，我自然也没有把握。

阿菜似乎从没伤心过，嘴角上扬的微笑弧度向世界展示着自信与开朗，勤奋好学贤良淑德善解人意的品质也可以在她身上找到。我经常在五楼的班主任办公室里碰到她，只她见手舞足蹈，跟教语文的班主任讨论问题。

这当然让作为语文科代表的我感觉到压力：阿菜你是不是想当科代表？她见到我则咧开嘴，像在给我回应：你的破职位我才不稀罕！

她和班主任的关系贼熟，熟到可以交流感情生活。后来我也知道，班主任了然她的恋爱生活。她曾在我面前哭丧着脸："我该听语文老师的话，不该开始这段爱情的！"显然，这是某次模拟考后知道成绩退步的认知，在爱情的美妙触觉中哪来那么多"1+1=2"的理性。至于班主任是怎样教导阿菜的，我不得而知；教导的效率，我更没兴趣；我只明白一个结果：阿菜才不听你的头头是道！

阿菜要恋爱去。

阿菜开始甜蜜地入眠浪漫地梦醒清爽地早起，嘻嘻哈哈喝着比她眼神还温柔的白粥，大步岸然爬楼梯到六楼上喜欢的数学课，用在校门口买的高价软皮抄满怀幻想地涂鸦日志，跑起步来大口大口吞着夹带青草香味的空气，刷牙洗脸洗澡洗衣服拖地抹窗叠被子套鞋子袜子穿外套倍感带劲，用标准的高考签字笔记录整齐的繁琐板书以换到更大的阿拉伯分数，对每一个见到的人笑到悠然自得，专注图书馆窗外几乎伸进来的绿油油的芭蕉叶，喜欢每一本尽管有些不应该通过审核的杂志，听好像总是反映她心情的流行歌曲，详细感受《千与千寻》的漂亮色彩和气魄……她的生活开始不一样了，不一样带给她的是满怀惊喜，无处不在的惊喜，快速飘摇的惊喜，和往日不可同日而语的惊喜。

阿菜的初恋就这样产生，这段美妙的感情体验是漫长的，作为旁观者确实需要歇息，我就暂且将眼光抛到周围的生活吧！

承受我们一群不同地区高考复习生的高州中学是历史悠久的名校，名字偶尔会出现在高考辅导出版物的封面上。它依山傍水，环境幽雅，设施完善，是学子追求知识殿堂的好去处。它至今还让我梦牵魂绕，毕竟在成长的岁月里圈住了我的记忆。

高考复习生的男生团体全部住在东面的两栋建筑里，与第二饭堂一起孤立于新买的地皮上。如果认真学习两点一线的男生，从早到晚除了力所能及看到的异性只有食堂阿姨，见到母狗也会多留意几眼的。宿舍区通往教学楼的路靠着围墙而设，像极了穷人身上单薄的衬衣。有那么一段日子，宿舍区大搞建设，种上了树，建了球场。我的班主任经常会开着他的红色马自达玩漂移，车屁股扭得并不好看，倒是扬起袅袅灰尘，受害的学生就会给他一个中指或是说一句问候他令堂的话。葱头每一次和我商量逃课时都从六楼往下探："他的车还在！"确实，红得很出众。

葱头爱好科幻数码中国福利彩票，买杂志的频率和图书馆的杂志更新频率相差无几，电脑报微型计算机人物周刊科幻世界南方周末一期不少，还有我很三八地喜欢着的《信息时报》，因为里面有"周公解性"，乐此不疲呀乐此不疲。有时候，他吃饱了撑着就坐上公车到市区买彩票。刚开始买彩票只是他一个人在疯，后来就发展成团购，不少同学纷纷试水，偶然有人喜中几十元彩金，那明天的早餐就顺理成章地有了着落。最大一笔奖金是葱头碰上的，具体多少我也忘记了，只记得第二天早上我、猫仔、秋女的课桌上躺着香喷喷的肯德基肉粥。我至少还是有良心的人，边吃边想：起床洗刷二十分钟，公车来回四十分钟，我于六点半吃着早餐，那葱头岂不是五点半起的床？

猫仔与秋女是同桌，相同的特点是安静，安静到你不知道身边有如此人物。猫仔爱借我的MP4，只要还有电就不会还。后来我与精神病女生的关系闹翻了，我就要求和猫仔换位置，这样，我的同桌就变成秋女。现在回想，实在对不起猫仔，让她担惊受怕地过日子！秋女很"公主"，时不时为小事怨声载道闷闷不乐怒火中烧。我有惹毛过她一次，唯一的一次，怎么收尾的已没有印象，倒是她翘起来可以挂可口可乐瓶的嘴让我窃窃自喜。

因为秋女和阿菜是好友，窜位聊天是常有的事。例如，聊到阿菜的男朋友，同学同学同学。

同学，你好吗？

阿菜的初恋历经早期的温馨后，虽然不用担心柴米油盐酱醋茶，但总要面对生活的吃喝拉撒。

问题来喽。

阿菜开始为学业与情感的时间分配而焦虑不安，讲台上老师非标准普通话的课似乎没多大吸引力了，尽管坐在第一排，窗外山上蝉的浮躁鸣叫影响做化学题的思路，就算炎炎夏日也会觉得手脚冰冷，雨滴慢慢侵吞着弱

小的心理而敏感继而失眠，爱上了冷水澡管它影不影响身体的发育，发现原来离群索居是最好的保护方法，逐渐想家想香甜的汤想母亲亲切的关怀，羡慕低年级学生的轻松自己却读这该死的高四，习题册上的空白页怎么就越来越多了呢？白得像她讨厌的小白脸！

阿菜和"同学"的关系确实有了问题。

对于这种荒凉的生活感受，阿菜又体会了不短时间。有多久？直到高考前一夜！

六月六日夜，晴朗，无风，着衣相对系数中等。操场上成群结队的学生在嬉笑怒骂，不知道在放松自己还是自欺欺人地逃避高考前的浮躁不安。问题是，我也在此列。

我们几个人好像是在足球场上又好像是在第一饭堂更像在树林里吹得天花乱坠，反正就是说得很口渴。也不知道哪个不知死活的说要去宿舍区找"同学"，貌似是我说的貌似是阿菜说的又貌似是葱头说的。葱头看得很明白："阿菜受心情影响最大，再这样下去明天就不用高考了！问问她怎么啦！"

"怎么了？"

"没事！"

"为什么？"

"没事！"

"找他？"

"好！"

"你在篮球架下等吧，我帮你到他寝室看看？"

"好！"

"你等等！"

"好！"

阿菜一手捧着书，一手拿着水杯。夜色毫不留情地继续黑下去，她瘦小的轮廓和浮雕一样镶嵌在茶色的黑影里，鲜明有角。她乖乖地立正，一呼一吸都小心翼翼，远处的欢歌没听到，近处的虫鸣也没听到。大概在听我的好消息吧！她可能第一次光临雄性气味浓烈的宿舍区，但这都不重要了。

他男朋友不在宿舍，我实在心情黯淡，在四楼朝阿菜的黑影喊："你在下面等我，我就来！"

我再次扎在她面前，说："不在！"言外之意是问，"你要怎么办？"

她脸上的落寞和过年时的烟花似的，冷淡清凉，再怎么装在我眼里都是徒劳。眼红得要哭，但没眼泪，憋得多叫人心疼啊！

后来我与她在一饭二楼对立而坐，谈了相处以来最多的话。有我的未来专业，我的家乡，我的破鞋，我的发型，我的异地恋，我的傻不拉儿，有她的喜欢城市，她的小弟，她的邻居，她的样子，她的前途，她的神经质，她的不可理喻。别憋了，我知道你想哭。

黑芝麻似的夜飘忽起来，将所有人的思绪如同真空注射器抽血似的脱离引力。不知道两年以后的现在她是否知道当时自己在说什么呢？

这也不重要了！

再后来，阿菜没有读上理想的大学，念了一个小本科，在一个被她称为鸟不拉屎的城市。她对"同学"的感觉依然念念不忘，思念化成日志泼在QQ空间上，写了删，删了写，写了再删。

都快两年了好不好。

我问，为什么那么死心眼不肯放手？

她答，不知道，感觉！

我问，他和你深到什么程度？

她答，管得着吗你！

我问，干吗不再找一个？

她答，管得着吗你！

我问，那你怎么办？

她答，爱情真不是什么好东西！

我说，初恋不是这样子的，看看《初恋这件小事》吧。

她答，题目幼稚，不看！

她显然不知道，固执会让人失去多少发现世界美好的机会。

我理解不了阿菜，正如她所言，我这臭男人是体会不到的。行文至今的冲动，不过如此，这是阿菜的故事，我只是旁观者，旁观者有旁观者的观后感。

正是阿菜的存在让我恍然大悟略有所思。她让我真切地感受到女生对爱情的追求与坚持，无论思索过往或是展望未来，都是一个人在选择。这

选择可能苍白无力也可能代价连天，可内心埋着那个使她无数夜晚哭泣入眠的男孩，痛苦得心甘情愿。她让我尊重每一个女生，理解她们的多样性，明白她们细腻的付出背后的心酸。

爱情的对错界限含糊不清，人们何必站在立场里苦不堪言？进不去对方的世界，是因为你给不了幸福而已。

脑子一转，身边的阿菜何其多！

小女生阿菜，你好吗？

"那个只在梦中陪我度过了一程时光的男孩，晨雾一样，在阳光破云而出之际，便消散在不知何处的角落。那么长久的指望，在高考结束各奔东西的瞬间，便成为失望，曾经怀有的种种只有我才能知晓的喜乐，记录在日记中，也落满了悲伤的尘埃。这样唯美又感伤的想象，只是一个遥远渺茫的梦，早已预测会醒来不再，依然不肯停息对他的想象与缠绵。"

——阿菜《喜乐一程》